# 臨床《りんしょう》の砦《とりで》

夏川草介
Natsukawa Sosuke

小学館

# 目次

装幀　山田満明

# 臨床の砦

# 第一話　青空

まっすぐな農道を疾走していた救急車が、ふいに速度を落とし始めた。

後部座席に座っていた敷島寛治《しきしまかんじ》は、わずかに前のめりになりかけて、慌てて手すりに手を伸ばした。ほとんど同時に、運転席から、歯切れの良い声が飛び込んでくる。

「信号よし！」

「信号、青確認よし」

「右折します、右よし、左よし！」

「左右よし、自転車注意しろ、左奥の歩道だ」

「自転車確認よし！」

運転席と助手席に座る救急隊員たちの遣《や》り取《と》りだ。ハンドルを握るのが若手の隊員で、助手席で四方に注意をめぐらせているのが先輩格である。

二人の声とともに救急車の大きな車体は、ゆっくりと交差点に進入し、右折していく。

敷島は、手すりを握ったまま、遠心力にまかせて左の壁に身を預けた。

目の前の、小さく開けてある窓の向こうを、淡く雪をかぶった北アルプスの起伏がゆっくりと移動している。冬一月の寒々とした稜線《りょうせん》が、コマ送りの映画のように切り取られて流れていく。窓から流れ込んでくる冷たい風を受けて、額からぶら下げたフェイスシールドが、ふるえるように揺れた。

「お手数をおかけしますね、敷島先生」

落ち着いたその声は、前部座席の救急隊員たちのものではなく、すぐそばから聞こえたものだ。敷島は、窓外から車内に視線を戻した。

淡く光る壁のモニター、天井からぶら下がったいくつものチューブ、箱に押し込まれた点滴バッグや吸引器。それらの見慣れた救急車の設備の中に、しかし見慣れない巨大なビニールの袋が横たわっている。

声は袋の中からだ。

「すみませんね、世の中はまだお正月でしょう。今日ってたしか一月三日だったはずです。令和三年の一月三日」

「そうでしたか。そうだったかもしれません」

敷島は淡々と応じる。愛想が乏しいのは、もともとの敷島の寡黙な性格もさることながら、年末からまともな休みをとれていないためである。もはや日付の感覚というものがなくなりつつある。

敷島はシートから軽く身を乗り出して、巨大なビニール袋を覗《のぞ》き込んだ。

「それより具合は大丈夫ですか、平岡《ひらおか》さん」

「具合はなんともないですが、なんか、ガラス張りの棺桶《かんおけ》にでも入れられた気分ですよ」

半透明の袋の中で横たわったまま笑ったのは、酸素マスクをつけた中年の男性である。

男の名前は平岡大悟《だいご》、六十二歳、病名は新型コロナウイルス感染症。呼吸状態の悪化のために専門病院へ搬送している最中だ。

「今しばらくの我慢です。向こうの病院に到着したらすぐ出られます」

「でも棺桶から出ても、またそのまま隔離病棟でしょう。こいつは本当に厄介な病気ですなぁ」

笑った患者に対して、医者の側は控え目にうなずいただけであった。

平岡の入っている袋はアイソレーターといって、頭側のダクトから外気を取り込んでそのまま救急車の外に排気できる特殊な袋である。患者の吐き出した空気は車内に出ることなく、フィルターを介して直接車外に放出される。要するに患者から、周囲の人への飛沫感染を防ぐ装置だ。袋には外から何本もチューブがつながっているが、内側にも、袋越しに外から処置ができるように青いビニール手袋がいくつもぶら下がっている。平岡の言うとおり、棺桶の印象が強いうえ、ぶら下がったいくつもの手袋が一層不気味な景色を作り出している。

「段差です、減速します」

ふいに運転席の救急隊員の声が響いた。

わずかに遅れて、車体が上下に大きく振動した。

「揺れてすみません、先生。大丈夫ですか」

助手席から振り返った救急隊員の姿に、敷島は黙ってうなずいた。普段なら愛想笑いのひとつも添えて隊員に礼を言うのだが、今日はとてもそんな気分にはなれない。救急隊員たちは頭から真っ白な防護服を着て、ゴーグルの向こうに目だけを光らせているのだ。何度見ても見慣れるものではない。

……異様なのはお互い様か。

敷島は、ちょうど向かいの壁に設置されていた小さな鏡に目を向けた。彼自身もまた、同じ白ずくめの防護服なのである。

全身白ずくめで目だけを光らせた三人の男たちが、ビニールの棺桶を運んでいる。なにか、出来の悪いホラー映画の一場面のようだが、当事者たる敷島は当然笑えない。

「そんなに悪いんですかね。俺はなんともないんですよ」

再び袋の中から平岡の声が聞こえた。

「この大げさな袋はまだわかりますが、酸素マスクなんて必要ですかね?」

言いながら、平岡の右手が窮屈そうに動いて、自分の顔をおおう酸素マスクを持ち上げる。プラスチックのマスクを持ち上げた下には、普通の紙マスクがしてある。これも飛沫感染を少しでも防ぐための対策だ。

「ほら、取ってみてもなんともない」

平岡の声が陽気に響く。

マスクを持ち上げた右手の指先には、酸素濃度をはかるＳｐ$O_2$モニターがついている。Ｓｐ$O_2$モニターは、ピンポン玉程度の大きさの四角い機械で、指先を軽く挟むだけで血中の酸素濃度を測定することができる簡便で有用な医療器具だ。

平岡の指につけたＳｐ$O_2$モニターは、最初95パーセントという数値を示していたが、酸素マスクをはずすと同時に、ゆっくりと下がり始めた。
94、
93、
91……

ビニール袋の向こうの平岡の笑顔は変わらない。咳《せき》も痰《たん》もないし、呼吸がはやくなる様子もない。

「一応つけておいてください、安全のためです」

静かに敷島は答え、平岡は狭い袋の中で肩をすくめてから酸素マスクを顔に戻した。戻す直前には、89という赤い数値が光っていた。

奇妙な肺炎だと、改めて敷島は思う。

敷島は、十八年目の内科医である。専門は消化器だから、肺炎について詳しいわけではないが、常に第一線の臨床医であったから、多くの肺炎も治療してきている。その医師としての経験が敷島に告げている。

この肺炎は、これまでとは違う……。

多くの患者は、軽い風邪《かぜ》の症状で始まる。

そして多くの患者は、数日から一週間程度の経過で改善する。何事もなかったかのように。

しかし、中には急激に呼吸状態が悪化してくる患者がある。断続的に発熱が続き、ふいに酸素濃度が下がってくる。発症してすぐとは限らない。大きな変化もなく四、五日が経過し、一見落ち着いているように見える患者の中に、突然こういう変化が起きることがある。

回復する患者と悪化する患者の分かれ目がどこであるかがわからない。わからないこと以上に恐ろしいのは、酸素状態の悪化している患者の多くが、しばしば症状が目立たないということだ。

普通、肺炎なら、咳が出る。痰が出る。ぜいぜいと荒い息をして、苦しいと訴える。ところが、新型コロナウイルス感染症では、酸素状態が悪化しているにもかかわらず、普通に歩いている患者がいる。目の前の平岡もそのひとりだ。

平岡が発熱したのは五日前。軽い喉の痛みと熱だけであったが、それが改善せず、保健所に相談して敷島のいる信濃山《しなのやま》病院の発熱外来を受診した。PCR検査で陽性が確認され、CTで淡い肺炎の影があったために隔離された感染症病棟に入院としたのだが、敷島としては、数日の経過観察で改善すると見込んでいた。しかし発熱は続き、昨夜から急激に酸素濃度が下がり始め、今朝方、酸素4Lを必要とする状態にまで進んだのである。

敷島のいる信濃山病院は、地域で唯一の感染症指定医療機関だが、規模の小さな施設である。

病床数は二百床に満たず、呼吸器や感染症の専門家はいない。重症患者の治療は困難であることから、市街地にある筑摩野《ちくまの》中央医療センターへの搬送が決定したという経過であった。

午前中に搬送を決断し、昼過ぎには搬送用の救急車が到着した。慌ただしく紹介状を用意し、防護服に身を包む敷島の視線の先で、平岡は自分の足で歩いてアイソレーターに入っていった。本当に搬送が必要なのか、敷島自身、迷いを覚えたほどだ。

「あと五分で到着です、先生」

助手席の防護服が振り返って告げる。

敷島はまたうなずき、アイソレーターを覗き込んだ。

「あと五分だそうです、平岡さん」

「了解です。五分たったら、また別の病院の隔離病棟ってことですね。なるべく早く出られることを祈りますよ」

「前にもお話ししたように、コロナ肺炎は長引く人がいて、油断していると命にかかわります。しっかり治るまでは治療を受けてください」

「わかりました」

笑顔で答えたタイミングで、平岡がふいに二度ほど大きな咳をした。咳の勢いで酸素マスクが大きくずれた。敷島は、ほとんど反射的に、小さく上半身を後ろに引いていた。

患者はあくまでもアイソレーターの中だとわかっているのだが、一瞬背中に冷たいものが流れていく。

神経質になりすぎている……。

内心で笑い飛ばそうとして、ふいに脳裏に小学生になったばかりの娘と息子の笑顔が浮かんだ。二人とも最近口が達者になって、元気なさかりであるが、年末からはほとんど顔を見られていない。

敷島はそっと手を伸ばして、わずかに開いていた救急車の窓を、全開にした。


長野県の中央に、三千メートル級の山々に囲まれた、筑摩野と名のつく盆地がある。

筑摩野中央医療センターは、その筑摩野の中ほどにあり、複数の呼吸器内科医の所属している規模の大きな医療施設だ。病床数は約四百六十床。信濃山病院の二倍以上である。コロナ患者を幅広く受け入れているわけではないが、信濃山で対応が難しい、重症化の気配のある患者については、搬送を受け入れる体制を作っている。

受け入れ口は、もちろん正面玄関というわけにはいかない。コロナ感染患者を、一般診療が行われている空間に通すわけにはいかないから、救急車が到着するのは病院の裏口だ。

人気《ひとけ》のない裏口の前に、マスクとキャップとガウンをつけた看護師が待ち構えており、そこでアイソレーターから出た患者を車椅子に移して院内に入る。広々とした廊下を抜け、エレベーターに乗り、いくつもの扉を通り過ぎて感染症病棟に向かう。感染防止のための人払いが徹底しているのであろう。途中に人の気配はまったくない。その静まり返った通路の先にある病棟まで患者に付き添い、無事ベッドに横たわったことを確認すれば、敷島の搬送業務は終了となる。

「久しぶり、敷島先生、お正月からご苦労さん」

感染区域入り口のイエローゾーンで、防護服を脱いだ敷島を、落ち着きのある声が迎えた。

病棟ステーションから顔を出したのは、白衣姿の小柄な医師だ。敷島はN95マスクをゴミ箱に放り込み、普通のサージカルマスクをつけてから会釈した。

「お疲れ様はお互い様です。朝日《あさひ》先生こそ、休日の患者受け入れ、助かりました」

「信濃山病院はコロナ診療の最前線だからな」

朝日はステーションの奥に敷島を導いた。

「あそこが崩れると、俺たちも手の打ちようがなくなるんだから、フォローをするのは当たり前だよ」

穏やかに笑って応じた朝日遼《りょう》太郎《たろう》は、筑摩野中央医療センターの呼吸器内科の責任者だ。

敷島にとっては一年先輩で、専門も立場もまったく異なるのだが、学生時代に漢方薬同好会というサークルで一緒だったという古いつながりがある。卒後はなんの接点もないまま二十年近くが過ぎていたが、昨年初めてコロナウイルス感染症の患者を搬送してきたときに再会した。コロナ禍が引き合わせた不思議な縁である。

「こんなところで敷島に会うとは思わなかったよ。お互いいつのまにか四十歳を超えているんだよな」

「朝日さんは、二浪で私より三つ上だったと記憶しています。四捨五入をすれば五十じゃないですか」

「相変わらず淡々と的確なことを言うよなぁ、敷島は」

そんな気楽な会話も、学生時代の思い出があるからだ。普段は口数の少ない敷島も、なんとなく言葉が多くなる。

ステーション奥の電子カルテ端末の前に腰を下ろしながら、朝日が続けた。

「で、患者はだいぶ増えているのかい？」

「今のところほとんどが軽症ですが、数自体はかなり増えています。年末に二十床まで増やした感染症病床は八割が埋まっています」

「いつのまにか二十床まで増えているのか。思った以上にぎりぎりだな。まさか年末年始、休みなし？」

「年末に二日ばかり休めました。しかし年越しの辺りから状況が急激に変化してきています」

「つまり、令和三年は休みもなく働いているってわけか。ひどいもんだな」

新年はまだ三日目であるが、敷島は一日も休んでいない。朝日の言葉には、軽い口調の向こうにさりげない気遣いがある。

「まあ、こっちもなんとなく不穏な空気は感じているんだ。信濃山病院が発熱外来を一手に引き受けてくれてるおかげで、まだあんまり切迫感を感じないで済んでるんだけどさ」

言いながら、モニター画面に平岡のＣＴ画像を呼び出した。

「六十二歳の男性か。急激に酸素濃度が低下してきた患者だって聞いたけど」

「入院は三日前で、そのときはSpO$_2$が96パーセントでしたが、昨夕から急に低下して今朝には酸素4L」

「三日前ってことは、大晦日《おおみそか》の入院か」

淡い嘆息が聞こえた。

敷島は、大晦日の夜が当直であり、そこに受診したのが平岡であった。

「本人の様子は?」

「熱だけです。受診時からそうですが、今も症状はほとんどありません」

敷島の頭には、医療センターに到着したときの平岡の姿が思い浮かぶ。

病院裏口で、アイソレーターから出てきた平岡は、それほど辛《つら》い様子には見えなかった。むしろ自分で起き上がって、看護師が持ってきた車椅子に移っている間に、酸素マスクを勝手にはずしていたくらいだ。

〝いい天気ですね、敷島先生。外の空気ってのはこんなに気持ちのいいもんですか〟

笑いながら軽く伸びをした平岡の姿が印象的であった。

「SpO$_2$は結構低いのに、本人はあまり苦しがらない。しかし元気そうに見えるからと油断していると、大変なことになる」

その言葉に敷島はうなずいた。

朝日は、症例数はまだ多くないものの、中等症から重症の患者を診ている。元気そうに見えて急激に悪化する患者を経験しているはずだ。

ＣＴ画像を見つめる朝日が続ける。

「たしかに肺炎像は目立つね。両側広範囲にすりガラス影だ。とりあえずアビガンにデカドロンか」

「アビガンは昨日から開始しています」

「了解。あとはヘパリンだな。場合によっては、ステロイドはパルスを考慮するよ」

「危ないですか？」

「基本的には……」

朝日はわずかに言葉を切ってから、椅子の背もたれに身を預けた。

「大丈夫だと思っている。高齢者なら危険だが、この患者は糖尿病があるとはいえ、元気な六十二歳だ。そうそう死なれちゃ、俺たちもやってられない」

「むしろ搬送するほどではなかったですか？」

敷島が心配するのはそちらの方だ。

感染者が増えているとはいえ、この地域一帯でコロナ患者を受け入れている病院は、信濃山病院のほかは、筑摩野中央医療センターただひとつである。今後患者が急増する可能性があることを思えば、迂闊《うかつ》に朝日に負担をかけたくはない。

「それは違うね」

朝日は冷静に首を左右に振った。

「コロナって肺炎は、これまで俺たちがあんまり見たことのない挙動をする。こういう患者がときどき急に悪化して挿管《そうかん》、人工呼吸器になるって症例を俺たちも診ているんだ。うちに搬送の上、しばらくはモニター管理というのは、妥当で的確な判断だよ」

堅実な朝日らしい返答であった。

学生時代から、朝日は派手な冒険はせず、慎重で着実な判断をするタイプの人間であった。医師になってからも、地道に地域医療を支えてきたのであろう。その着実さは変わっていない様子だ。

「しかし俺たち呼吸器内科がコロナを診るんならわかるが、敷島みたいな消化器内科が前線に駆り出されていることにはさすがに驚いてるよ」

「うちは人員も設備も足りない小病院です。なぜ感染症指定病院なのか、我々の方が戸惑うくらいです」

敷島の小さな苦笑に、朝日はむしろ気遣うような目を向ける。

「『感染症指定医療機関』なんて看板は、地方の公立病院の宿命みたいなもんだからな。同情するよ。それより呼吸器内科医のいる病院は、ほかにいくつもあるってのに、どこも受け入れ拒否っていうのは情けない話だ」

「得体の知れない疾患ですから、気持ちはわかります。むしろ一番大変な重症患者を受けてくれる筑摩野中央医療センターには感謝しています。ここがあるから、当院もなんとか持ちこたえているのだと思います」

「嬉《うれ》しい言葉をありがとう。持つべきものは先輩を立てる後輩だね」

朝日はやわらかな笑顔を浮かべて、

「医局でコーヒーでも飲んでいく？」

「いえ、発熱外来に戻らなければいけません」

「それは残念」

残念と言いつつも、朝日もコーヒーなど飲んでいる余裕がないことは敷島も感じている。

ステーションの向こうのガラス窓で仕切られた集中治療室には、複数の患者がおり、そのうちのひとりは人工呼吸器につながっている。その中を、先刻から防護服を着た看護師が忙《せわ》しなく往来して、若手の呼吸器内科医が何事か大声で指示を出している様子も見える。二か月ほど前に初めてここに患者を搬送してきたときにはなかった景色だ。

椅子から立ち上がりながら、敷島はそっと口を開いていた。

「このままで大丈夫だと思いますか？」

漠然としたその問いに、朝日はわずかに目を細める。

「この患者のことかい？　それとも医療全体のこと？」

「たぶん、後者の方です」

もちろん患者のことは心配だし、もっと言えば、目の前の朝日の体力も心配だ。朝日の様子は昨年と変わったように見えないが、よく見ればその目は少し充血している。あまり眠れていないに違いない。しかし多忙というならお互い様で、口にするだけ野暮になる。

朝日もまた立ち上がりながら、敷島の隣に並んだ。長身の敷島の前では、頭ひとつぶん低くなる。

「たぶん大丈夫じゃないだろうな」

どきりとさせる言葉に、しかし敷島は自分でも不思議なくらい驚かなかった。

「やはりそう思いますか」

「去年の感染一波、二波のときに、うまくいきすぎたんだよ。もちろん信濃山病院にとっては辛い一年間だったろうが、少なくとも世間的には、わずかな患者の増加だけで拡大を止めることができた。その成功体験が残念ながら裏目に出ているんだと思う。あの時とは比較にならない大きな波の気配があるのに、役所の対応は鈍重で、周辺の医療機関も無警戒。一般人の態度も明らかに緩んで見える」

静かに述べる朝日の言葉には熟慮の上の洞察がある。

最近、敷島が感じていたこととまったく同じだった。

信濃山病院のコロナ診療が始まったのは、一年前の二月にクルーズ船の患者を受け入れてからだから、すでに一年近くになる。

呼吸器内科医もいない小病院が長い期間、なんとかコロナ診療を支えてこられたのは、患者の急激な増加がなかったからだ。しかし十二月なかばころから発熱外来に来る患者の数は急速に増え始めている。今のところなんとか対応はしているものの、これまでの経過の中では一度もこんな増え方はなかった。まだ今は軽症患者が多く、平岡のようなケースはまれだが、患者の増えるスピードが異常である。このまま続けば一、二週間のうちに大変な事態になる。

「敷島の病院もそうだろうが、うちも上層部には繰り返し危機感を伝えている。けれどもそれがなかなか切迫感を持って他の医療機関に伝わっていかない。だいたいコロナ診療ってのは、誰もが秘密にしたがる傾向を持っている。風評被害や近所からの嫌がらせを恐れて、個人も病院もやたらと秘匿したがる。こんな病気はこれまでなかった。おかげで俺たちでさえ、どこの病院にどの程度の患者がいるのかさえ把握できていない。その秘匿性が、この厄介な感染症への恐怖感まで見えにくくしているんじゃないかと思う」

踏み込んだことを朝日は口にした。

感染状況に、これまでとは違う異様な気配があることを、信濃山病院の医師や、朝日のようなコロナ診療に携わっている医師たちは、明確に感じている。しかし一歩コロナ診療の現場から離れてみれば、外の世界には不気味なほど楽観的な空気が満ちている。

一般人だけではない。コロナに接していない医療機関においても、とても危機に備えている様子が見えない。テレビでは毎日のように感染者数の増加が報道され、キャスターの深刻そうな顔が映し出されているのに、実感としてはどこにもコロナ患者がいないような雰囲気さえある。このギャップは、これまで感じたことがないほど大きいと、朝日は低く告げた。

「敷島も聞いているかもしれないが、感染者が入院しているのに、表向きは入院していないことにしている病院もある。院内のスタッフでさえ知らないって病院もな。まったく厄介な感染症だ」

ふいに朝日が、丸い大きな手を敷島の肩に置いて引き寄せた。

「敷島、今回は本当にやばいんじゃないかと思ってる」

大きな声ではない。

しかし敷島が戸惑うほど強い語調であった。

「手洗い、消毒、マスクだ。わかりきったことだが、絶対に気を緩めるな。一番の最前線で働いてきた医者に言うことじゃないが、世の中の緩んだ空気と長期戦の疲弊感を思えば、いつ何が起きてもおかしくない」

見返した敷島に、朝日はすぐに笑顔に切り替えた。

ちょうどすぐそばを、看護師が通り過ぎて行った。

「感染が収まったら飲みに行こう。十八年ぶりに」

現実味のかけらもないその提案が、しかし温かく敷島の胸に響いた。

「たぶん、十九年ぶりですよ」

「相変わらず冷静な男だよ、お前は」

朝日の苦笑に、敷島は心を込めて一礼した。


敷島の勤める信濃山病院は、北アルプスのふもとにある小さな総合病院である。

感染症指定病院としてすでに一年近くコロナ診療に従事し、多くの患者を治療し、無事退院させてきた。

診療開始初期は、感染対策は不明、治療法は不明、死亡率は不明、後遺症も不明という、何もかもが未知の領域であり、文字通り手探りの医療であった。

この正体不明の感染症に向き合ったのは、専門外の内科医と外科医が集まった混成チームである。『命がけの診療』という言葉は、誇張ではない。クルーズ船内では着実に感染が拡大しており、患者の死亡報告も途絶えることなく続き、防護服を着た医療スタッフの感染も報告されていた。そんな中でのクルーズ船の患者の受け入れは、『命がけ』という非日常的な言葉でしか表現できない緊迫感を伴っていた。感染症病棟に初めて入る日の朝に、家族に遺書を渡した医師もいたのである。

そのぎりぎりの状況を、背後から支え続けたのが筑摩野中央医療センターである。大学病院を含むその他のすべての医療機関がコロナ診療を拒否する中で、朝日らの呼吸器チームだけが受け入れを表明し、重症患者を引き受ける体制を構築したのだ。

そうして一年近くを、なんとか大きなトラブルもなく乗り越えてきたのだが、年末から大きく様相が変わり始めていた。

昨年は一年間を通じて、信濃山から医療センターに搬送した患者はわずか数名しかおらず、敷島が搬送にいったのも一人だけであったが、年末から目に見えて感染者が増え始め、以前にはなかった頻度で呼吸状態の悪い患者が出てきている。

敷島がかかわった症例ではないが、一月二日までの一週間だけでも、搬送患者は二人。一月三日の敷島の搬送患者を入れれば、すでに三人という異様な密度であった。

変化は無論、搬送状況だけではない。

どこよりも異様な気配を帯び始めたのは、コロナ診療の最前線である発熱外来であった。

「いや、それは無理ですよ。うちだってもう限界なんですから」

一月五日、夕刻の発熱外来に、ひときわ大きな声が響き渡った。

ちょうど診察室から出てきた敷島が、思わず足を止めたほどであった。

診察室や処置室、資材庫などをつなぐ廊下の片隅に、内科部長である腎臓《じんぞう》内科の三笠《みかさ》が携帯電話を片手に立っている。廊下には、防護服やマスク、ガウン、ゴーグルその他の物資が山のように積み上げられ、その物資の壁の間を、医師や看護師が忙しげに往来している。

辺りには、様々な音と声が飛び交い、なかなかの喧騒《けんそう》だ。

発熱外来の診療は原則ｉＰａｄで行われるから、各診察室からは、端末に向かって叫ぶ医師の大きな声が聞こえてくる。そこに各部署の連絡のためのＰＨＳのコールが鳴り響き、患者からの電話が鳴りやまず、他の医療機関からの問い合わせも飛び込んでくる。普通に会話をするのも容易でない騒がしさだ。

「あと三人？　入るわけないでしょう。昨日と今日の二日間でいったい何人入院させたと思っているんです」

内科部長の三笠は、あくまでゆっくりと会話しているが、その左手は豊かな白い髪を無造作に掻《か》き回している。言葉の内容から、電話の相手が保健所だということがわかる。

「検査はできます。一時間以上待たせますが、検査はできます。しかし入院は無理です。もともと年末の段階でベッドはぎりぎりだと言ったはずです。三が日が明けてたった二日でこれだけ入院させれば、回転するわけがないでしょう」

三笠は、透析センターを統括する腎臓内科医であるとともに、内科全体の統括責任者でもある。普段は多忙な業務の中でも、温厚で思慮深く振る舞い、声を荒らげることもないドクターだ。

その三笠の声が、ところどころ裏返っている。

「また入院依頼なのか？」

敷島は、すぐそばで患者ファイルを積み上げていた若い看護師に問うた。

「駅前のカラオケ店でクラスターだそうです。学生四人で五時間騒いだあと調子が悪いといってPCRをしたらそろって陽性とのことです」

四人、と敷島は思わず天を振り仰いだ。

平岡を医療センターに搬送したのは一月三日。正月が明けてから、四日と五日の、わずか二日が過ぎたばかりである。そのわずか二日で、発熱外来には先月の一週間分の患者が押し寄せている。

「昨日の受診者は三十人を超えていたと聞いたけど」

「発熱外来だけで三十一人で、そのうち陽性者が十人です」

現場の歯車となって働いている敷島には、全体像がかえって見えにくい。改めて具体的な人数を耳にすれば、途方もないことになっている。

陽性者の半数はホテルに送り込んだはずだが、残りは入院であるから病棟の混乱具合も想像に難くない。

「学生ならホテル行きでいいんじゃないか？」

「そうしたいところなんですけど、二人が40度を超えていて、息が苦しいと言っている子もいるらしいです」

入院治療が必要な可能性があるということだ。

眉を寄せつつ窓外に目を向ければ、駐車場にずらりと並んだ一般車の間をｉＰａｄを抱えた防護服姿の看護師が駆けすぎていく。

発熱外来は、車の中にいる患者に病院のｉＰａｄを手渡し、屋内にいる医師のｉＰａｄとつないでオンラインで診療するのが原則だ。コロナ陰性が確認されるまで原則患者を院内に入れない。安全のためとはいえ、ひとつひとつに複雑な手順と多大な労力が必要であり、一般診療よりはるかに時間がかかる。来院患者が増えれば、病院前にそのまま長い車列ができることになる。

「わかりました。その二人だけならなんとかします。今日はそれで最後にしてください」

いくらか声を落ち着かせて答えた三笠は、先方の返事を聞いて、すぐに眉を寄せて厳しく応じた。

「別にベッドを隠し持っているわけではありません。一人用の個室に何人かまとめて押し込めるだけです。五時間も密室でカラオケができるようなお友達なら、それくらい我慢できるでしょう」

「三笠先生もだいぶいっぱいになってきましたね」

看護師のつぶやきに、敷島は答える言葉を持たない。

その間にも別のPHSが鳴り響き、背後にいた感染症チームの看護師が何事か苛立《いらだ》った様子で抗議の声を上げている。

時刻はすでに夕刻だが、おそらく多くのスタッフが、昼食どころかわずかな休憩にも入れていない。むろん敷島も同様だ。

「ぎりぎりだね」

「敷島先生くらいですよ。いつでも淡々と仕事をしているのは」

「淡々としているつもりはないんだけど」

「つもりはなくてもそう見えます。冷静な先生がうらやましいです」

敷島としては冷静なつもりはない。

むしろ決断することに対して自信がないから、じっくりと物事を眺める習性がついているだけだ。人からは寡黙だ、冷静だと言われるが、物事の決断に自信がないから、あれこれ言わずに、目の前のできることを積み上げていく生き方になっているだけである。敷島自身の目には、自分は単なる小心者に過ぎない。その姿が外からは冷静に見えるのだとすれば、皮肉以外の何物でもない。

「敷島先生！」とふいに鋭い声が届いた。

振り返れば、駐車場につながる廊下の奥で、防護服姿の看護師が声を張り上げている。

「車中待機の患者がお腹《なか》を痛がっています！」

床と壁に赤いテープが張られたその先は、コロナ陽性患者が往来する可能性がある領域で、そのまま駆け寄っていくわけにはいかない。

敷島は、右手に持っていたファイルを卓上に投げ捨てると、そばの棚からキャップ、フェイスシールド、ガウン、手袋を手早くかき集めた。


ｉＰａｄで行ういわゆる「オンライン診療」は口で言うほど便利なものではない。はっきり言えば、ｉＰａｄ越しにただ会話をするのと、実際に診療をするのとは、まったく別の行為である。

診療という行為は、ただ言葉から情報を得ているわけではない。患者の顔色、微妙な動作、活力の有無や目線など、全体からそのキャラクターや重症度を拾い上げる。そこに身体診察をくわえることで、医師は患者の全身状態を摑《つか》むのである。

ｉＰａｄでは身体診察ができないことは当然だが、相手の顔すらまともによく見えない。目線を合わせるということがもともと難しいし、年配の患者であれば画面の中に顔の半分も映っていないことや頭頂部しか見えていないこともあり、ちゃんと顔を映してくれと頼んでも応じられない患者は少なくない。あれこれと注文を繰り返しているうちに患者の側が怒り出すことさえある。

それでもなんとか会話できるならまだしも、来院時に看護師が渡しているはずのｉＰａｄに何度コールしても出てくれない高齢者もあり、その場合は防護服を着た看護師が、もう一度車まで足を運んで操作方法を教えなおすことになる。

当然のことだが、発熱患者は、全員がコロナ感染症というわけではない。話を聞けば膀胱炎《ぼうこうえん》であったり、痛風であったり、なかには微熱があるだけで診療所から拒否された骨折の患者まで交じっている。

敷島が腹痛で呼ばれた患者は、結局急性虫垂炎の診断で、そのまま外科で手術となった。普段の外来なら腹部診察だけですぐにＣＴに回され、たちまち診断がついたはずの症例だが、発熱があったために朝から二時間以上も車内で待たされていたのだという。

「アッペ（急性虫垂炎）患者を二時間も待たせなきゃいけないなんて、ひどい話ですよ」

夜の医局に、そんな開けっ広げな声が響いた。

時刻はすでに夜八時。

医局のソファに身を預けてうそぶいているのは、手術を終えてきたばかりの外科医の龍田《たつた》である。

元ラグビー部で胸板の厚い大柄な龍田は、八年目の外科医だが、コロナ診療の最前線を支える強力な戦力のひとりだ。今日も、虫垂炎患者をスムーズに手術につなげることができたのも、ちょうど隣のブースで龍田が発熱外来を受け持っていたからである。

「その様子だと、手術は大丈夫だったみたいだね」

敷島の言葉に、龍田は大きな肩をすくめる。

「虫垂の一部に微小穿孔《せんこう》があって、腹膜炎になっていました。もう少し待たせていたら危うかったかもしれません。先生がすぐ駆けつけてくれて良かったですよ」

「もう少し早く気づければ良かったんだが」

敷島は、カップラーメンに湯を注ぎながら答えた。夕食ではない。昼食である。

敷島はカップを持って、ソファから離れた壁際の椅子に腰かけた。

医局と呼ばれるその部屋は、以前は医師たちの談笑の場であったが、今では広い医局も同席できる人数が三人までとされ、飲食をする場合は隅の窓際でひとりに制限されている。

「これだからオンラインの発熱外来は危ないんです。熱があるってだけで一まとめにしちゃうから、あんな難しい外来はありませんよ」

龍田のぼやきは敷島にとっての実感でもある。

発熱外来と言えば聞こえはいいが、具合が悪くて病院に来る患者というのは、だいたい熱が出ているものであろう。

「そういえば、あのあと発熱外来は大丈夫でしたか？　手術で僕が抜けちゃったし……」

「三笠先生が手伝ってくれたよ。現場の問題は現場で片づけると答えたんだけどね、患者さんを診ている方が気分が落ち着くと言っていた」

「三笠先生、だいぶ疲れてますよね」

「保健所との連絡役に加えて、他の医療機関からの受け入れ依頼の窓口にもなっている。そこに緊急会議の連続だ。年末年始も一日も休んでいないだろうね」

「でも僕らだってきついですよ。もう長いことコロナ診療を続けてきて、相当疲れているこのタイミングで患者の急増です。それなのに、まだまだ患者が増えるって話じゃないですか」

龍田がぼやきながらソファから身を起こし、テレビのスイッチを入れた。

おりしもニュースは本日のコロナ感染者数が過去最高を記録したことを伝えている。都市部のみならず、複数の県で増加傾向だとキャスターが無闇に眉を寄せて繰り返している。

一日の新規感染者数は、３３０２人。

「マジか……」

龍田の絶句を聞きながら、敷島はラーメンのふたを開け、箸を取った。陰気な医局の雰囲気に不似合いな、陽気な匂いが立ちあがる。

「死者も増えているみたいだね」

敷島は、テレビ画面に並ぶ数字から、もっとも危惧すべき数字だけを拾い上げる。

死者、56人。

極論を言えば、感染者がどれほど増えても、死亡者が増えなければいい。逆に死亡者が増えるということは重症者も増えるということで、医療状況はたちまち限界になる。

「死者の数、結構やばい勢いですね」

龍田が太い眉を寄せて言った。

一日の死亡者数が初めて三十人を超えたのは、ほんの一か月前である。わずかな期間で死者が倍増しているにもかかわらず、テレビのニュースはまるで明日の天気を伝えるかのような平易な態度で数値を示している。

「この間なんか、新規感染者は若い元気な世代ばかりだから、医療にはすぐには影響が出ない。

まずは冷静に対応を、なんて言ってる専門家がいましたが、一度頭のCTでも撮った方がいいんじゃないかと思いますよ」

そんな苛立ちを含んだ声の向こうから、テレビに映った政治家の大仰な声が聞こえてくる。迅速な対応、躊躇《ちゅうちょ》なく決断、有効で適切な対策、正しく恐れてください……。

新しい言葉はひとつもなく、具体的な対応策も皆無である。

もう一年も前から耳にしてきた決まり文句が、焼き直しで繰り返されているだけだ。唯一、「緊急事態宣言発出を検討中」という言葉が聞こえてきた。

「どうしてこんなに現場の空気と乖離《かいり》しているんですかね」

龍田がテレビを睨《にら》みつけたまま告げた。

ラーメンをすすりながら敷島は耳を傾けている。

「ここ一週間の患者の増え方は異常ですよ。外来だって病棟だって、あっというまに限界に達しているんです。こんな田舎《いなか》でさえそうなのに、東京なんてもう医療崩壊を起こしているんじゃないですか？」

そうかもしれないと敷島は思う。

一般診療に支障が出ている状態を『医療崩壊』というのであれば、虫垂炎の患者を二時間も待たせて急変させているような現場は、すでに崩壊と言ってよいだろう。

しばしば、経済と医療、どちらを取るべきかという議論を耳にする。例によって敷島は結論を持たない。できればじっくりと考えてみたい問題だが、現状、そんな時間も余裕もない。ただ、テレビの報道に関しては、明らかにバランスを欠いていると感じている。

経済に関する危機感や不安感の話題がかなりの領域を占め、医療危機に関する報道は、ないとは言わないまでも相対的にかなり乏しく見える。

報道が虚偽だとは思わないが、比率がこれだけ偏っていては、事実は容易に本質を変えて伝わることになる。その本質を変えた情報の上で議論がなされているのだとすれば、当然「緊急事態宣言発出を検討中」などという結論になるだろう。

「あの政治家の背後に回り込んでタックルを食らわせたくなりますよ」

テレビに向かって気焔《きえん》をあげる龍田に、さすがに敷島は苦笑した。

「政治家にも立場があるのだろう。人の動きを止めれば経済が止まる。多くの人の生活がかかっている」

「僕たちは、命がかかってるんです」

思いのほか強い言葉が返ってきて敷島は箸を止めた。

「僕たちは、毎日命を危険にさらしながら働いてるんですよ。でもその分を保障しろなんて言いません。だいたい世の中のほとんどの人たちは、なんにも言わずに黙って耐えてるんです。テレビだけがバカみたいに、国中の人が経済を心配して不安と不満を抱えているみたいな報道してるんじゃないですか。お金の話も大事でしょうが、死んだらどうにもならないんですよ」

まだ三十代前半の龍田の発言には、若さがにじんでいる。と同時に、単に若いと笑い飛ばせない切実さも含まれている。

〝命がかかっているんです〟という言葉は誇張ではないだろう。

龍田には、昨年生まれたばかりの子供がいたはずだ、と、ふいに敷島はそのことに思い当たった。

発熱外来で直接、陽性患者を診察した日は、龍田は自宅に帰らず病院に泊まっているという話も耳にしている。危険な外来を拒否することもせず、懸命に働きながら、家族を守るために自宅にも帰らない。しかもその状態を何か月も続けている。陽性者が急激に増えていることを思えば、最近はまともに帰宅していないかもしれない。

それが正しいかどうかではない。

そうすることでしか、守るべきものを守れない現実があるということだろう。

「すみません」

ふいに龍田がそんなことを言った。

「敷島先生に言うべきことじゃなかったですね。先生が一番たくさんの入院患者を診てるのに……」

「いつも一番だとは限らないが……」

まったく気の利かない返答だと、敷島は自分でも思う。ゆえになんとなく言葉を選びながら続ける。

「私もできれば逃げ出したいし、たまにはゆっくり家族と夕食を食べたいと思う。しかし現に患者は多いし、幸い私はまだコロナにかかっていないから、もう少しがんばるしかないのだろうと思っている」

「敷島先生ってすごいですよね」

どこまでも消極的な言葉に対して、思わぬ返答がかえってきた。

「みんな結構いらいらしてきているのに、先生っていつもと変わらず冷静じゃないですか。あこがれますよ」

「私は小心者なだけなんだが……」

さすがに敷島は困惑する。

「戦うにしても逃げ出すにしても勇気というものが必要だが、私はどちらも持ち合わせていない」

「よくわかりませんけど、でも先生が来ると荒れた空気の外来が、ちょっと落ち着くことがあるって誰かが言っていました。僕も同感です」

龍田が笑ったそのタイミングで、ＰＨＳがけたたましい音を響かせた。

「はいはい」と龍田が胸ポケットに手を伸ばす。

「ああ、そうだよ……、腹痛？　そりゃそうだよ。手術が終わったばかりじゃんか。痛み止め使ってくれていいよ」

会話の内容はコロナではなく手術患者の件であろう。外科も内科もコロナ患者の対応に追われているが、だからといって一般診療を投げ出してよいわけではない。

「了解、すぐ行くよ」

言いながら龍田はソファから立ち上がる。

「先生、また愚痴を聞いてくださ い、お疲れ様です」

龍田のそんな声を、敷島は会釈とともに送り出した。

静かになった医局で、カップラーメンをすすり、テレビを眺める。

テレビはいつのまにか、レストランのオーナーの取材場面になっている。客の減少による赤字、補償が必要、抜本的な生活保障など、これもまたさんざん聞かされてきた決まり文句だ。

その間に、医局には何人かの医師が顔を見せ、去っていく。

出入りしていくのは、全員がコロナ診療に携わっている内科と外科の医師たちだ。

龍田の上司である外科の千歳《ちとせ》がいる。大きな腹を揺らした肝臓内科、日進《にっしん》の姿もあり、内科でただ一人の女性医師である音羽《おとわ》も会釈をして出て行った。

皆、一様に疲労の色が濃い。きっと自分も似たような顔をしているのだろうと感じながら敷島はラーメンをすする。

カップラーメンを食べ終わったちょうどそのタイミングで、PHSが鳴り響いた。発信者は、内科部長の三笠である。

〝敷島先生、今大丈夫ですか?〟

「大丈夫です」

〝救急隊から連絡がありました。これからひとり、高熱を出しているコロナ疑いの患者が来ます……〟

これからか、と見上げた時計はまもなく午後九時。

〝七十歳の男性。三日前に東京への移動歴があり、今朝から熱と味覚障害〟

「陽性で間違いなさそうですね」

〝私もそう思います。ちなみに市内の女鳥羽川《めとばがわ》総合病院がかかりつけで、複数の抗がん剤を投与されている患者です〟

「では、ＣＴか抗原検査だけでもやってくれていますか？」

〝いえ……〟

三笠は、わずかに言葉に詰まるように口ごもったが、すぐに続けた。

〝受け入れ自体を断られたとのことです〟

残念な話ではあるが、慌てることでもない。

すでにここ数週間、繰り返されていることである。

「了解です、しかし入院のベッドは？」

〝つい先ほど、呼吸状態が改善してきた患者をひとり、ホテルに移動させました。今ならひとり入れます〟

まさに自転車操業である。

一拍おいて三笠が問うた。

〝さすがにこの時間はきついですね〟

敷島はたしかにきつい。

しかし当然三笠もきつい。

搬送や外来や入院に奔走する立場と、保健所と交渉しながら足りない病床をなんとか回転させている立場とどちらが辛いか、これも判断はできない。

「患者の方は大丈夫です。むしろ先生こそ大丈夫ですか？」

〝大丈夫ですよ〟

機械的な即答は、微塵《みじん》も大丈夫な様子ではない。しかし今の敷島に手伝えることもない。

「受け入れの準備を始めます」

敷島の短い応答に、三笠のありがとう、という声が聞こえた。


それから二日後の一月七日、一都三県に限定された緊急事態宣言が発出された。

『緊急事態宣言』という強烈なフレーズが、しかし驚くほど切迫感のない空気を伴ってマスメディアを飾っていた。

限定的な宣言の内容が、どういうものであるか、敷島は確認していない。ただ、その内容がどうであれ、今必要なことは危機感を感じ、冷や汗を流すということであるはずなのに、町には人が往来し、浮薄な冷静さがメディアを包んでいる。

人は恐怖を感じれば、悲鳴を上げるか沈黙するかどちらかのはずであるのに、そのいずれの景色も見えない。

現場を駆け回る医師たちは、もはや何かコメントをしようともしない。

「出ないよりはマシと考えるべきでしょう」

そんな外科科長の千歳のつぶやきが、皆の気持ちを代弁していた。

千歳は龍田の上司であるが、かなり初期から三笠や敷島とともにコロナ診療を支えてきたひとりだ。豊かな黒髪と長身のおかげで年齢を感じさせないが、五十歳を超える熟練の外科医である。

「どこもかしこも大騒ぎをしているときに、東京周辺にだけ緊急事態宣言を出すことにどれほど意味があるのか、心もとない限りですがね」

普段が物静かな千歳の言葉は、それだけで重く響く。

まったくですよ、と相槌《あいづち》を打つ龍田の声が続いた。

――いつまで持つだろうか。

敷島の不安感は、医療体制と同時に、自分の体力の側にもある。

敷島はもともと体が丈夫な方ではない。

学生時代も漢方薬同好会に入ったくらいで運動はせず、部屋でのんびり本を読んでいることを好むタイプである。自分がひときわの読書家だとは思っていないが子供のころから本が好きで、高校時代は医学部が不合格であれば、どこかの文学部を目指そうかと考えていたくらいである。

研修医になってからはよく発熱したし、今でも負荷がかかるとすぐ不眠や下痢《げり》になる。特に四十歳を過ぎてからは、当直や夜間の緊急内視鏡がひどく堪《こた》えるようになっていた。今のところ大きな不調が出ていないことは救いだが、これがいつまでも維持できるとは思っていない。

持ちこたえている間は、がんばろう。

そう決めて、敷島は病棟に向かう。

早朝、敷島がまっさきに向かうのは、一般病棟である。癌《がん》の患者や心不全の患者など、受け持ちをひととおり回ったあとに感染症病棟に足を運ぶ。順序を逆にするようなことは絶対にしない。感染症病棟の前まで来れば、衝立《ついたて》の向こうに広がるレッドゾーンに、防護服姿の看護師たちが働いているのが見える。そのままそばのステーションに入って、iPadを使用して、八人いる受け持ちのコロナ患者を一通り確認する。

信濃山病院では多くの患者が軽症から中等症と言われる領域であり、自分でiPadで会話をするくらいのことは可能である。七人と会話をし、悪化はないことを確認したが、しかし八人目がiPadに応じない。複数回コールしても反応がない。軽く眉を寄せたところで、ちょうど感染症病棟から出てきた夜勤の看護師が顔を見せた。

「敷島先生、根津《ねづ》さんですよね？」

コールに応じない患者の名を的確に告げてくるということは、何かあったということだ。

根津九蔵《きゅうぞう》は、二日前、カップラーメンを食べていた敷島に、三笠が電話で入院準備を頼んできた七十歳の男性だ。白い髭《ひげ》を豊かに蓄えた人物で、高熱と軽い咳のほか、両側肺に広がる広範な肺炎像があった。

「あまり良くないのか？」

「昨日までは悪くはなかったんですが、昨夜から少しずつ$SpO_2$が下がっています。今は2Lで94パーセント」

きわどいバイタル・サインである。

七十歳という年齢も微妙であるし、なにより基礎疾患に、弁膜《べんまく》症による慢性心不全がある。

不安げな目を向ける看護師に、敷島は淡々と応じた。

「採血をしよう、早めに頼む」

「はい。CTはどうしますか？」

的確な質問が返って来た。

状況を把握するのにCTはもっとも確実な検査のひとつである。しかしまもなく朝の外来が始まれば、CT室の前には予約の一般患者が列を作ることになる。

もちろん割り込ませることは可能だが、そうするには一般患者をいったん別の区域に移動させ、短時間でも放射線科前の廊下を封鎖する必要がある。廊下だけではない。コロナ患者が移動するルートに人が入ってこないように、エレベーター周囲や隣接する階段にも人を配置しなければならない。

コロナと一般診療とを両立することの難しさがここにある。

敷島はゆっくりと首を左右にした。

「まず採血で構わない。$SpO_2$に注意して、さらに悪化するようなら連絡してくれ」

落ち着いた敷島の返答に安心を覚えたように、看護師はすぐに採血の準備にとりかかった。敷島は病棟ステーションを出て、朝のカンファレンスに向かった。

朝八時、薄暗いカンファレンスルームに内科と外科、総勢八人の医師が集まる。三笠や敷島たち六人の内科医と、千歳と龍田の二人の外科医が、信濃山病院のコロナ診療を担う総力である。

朝の内科、外科合同のカンファレンスは、本来、入院患者のプレゼンテーションや治療困難症例の相談などが目的だが、今はもっぱらコロナ診療の動向が議題である。広々とした大会議室を借りて、皆が遠い距離を保ちながらの議論になる。

全員が集まったところで、進行の三笠が口を開いた。

「まずは報告ですが、昨日の発熱外来受診者は四十五名で、陽性者は十二名でした」

いきなりの静かな爆弾に、一同がざわめいた。

受診者数も、陽性者数も、さらに増加を続けている。

つい一、二か月前までは、受診患者数は一桁で推移し、しかもコロナ陽性が検出される確率は数パーセントに過ぎなかった。一日で十人前後が受診し、陽性者がゼロであることも多く、まれにひとりが陽性となって大騒ぎをするといった状態であった。

しかし今では、来院者は数倍に跳ね上がり、陽性率も20パーセントを超えている。もちろんこれは、感染症指定病院としての特殊性もあるのだが、いずれにしても受診者が急速に増えている中、陽性率もこれほど高い状態が続けば、医療はたちまち限界に達する。

いや、すでに限界に達しているということが、三笠の続く発言で確認された。

「昨日の患者の十二名中六名はホテル療養となりましたが、残り六名が基礎疾患のある高齢者や、肺炎の目立つ患者であり入院適応となりました」

　再び会議室がざわめく。

　二十床あった病棟は、昨日の朝の段階で満床になっていた。より正確には、個室に複数人を入院させていたから、満床を超えていた。そこに新たに六人の患者を入院させるなど、不可能であったはずだ。

「入院適応はいいですが、ベッドはどこから絞りだしたんですか？」

　当然の問いを出したのは、肝臓内科の日進だ。

　敷島より六つ上の四十八歳で、大きな肥満体に、いつも斜に構えたような笑みを浮かべている。コロナ患者の受け入れに当初、強く反対していた医師のひとりである。

〝呼吸器内科医もいないのに、新型肺炎の治療などできるわけがないでしょう〟

　そう繰り返していた日進だが、年齢や立場から、三笠、敷島とともに最初期からコロナ診療に従事することになり、今となっては、コロナ診療の経験がもっとも長い医師のひとりとなっている。

　その日進がにやにやと笑いながら語を継いだ。

「まさか病棟に二段ベッドを持ち込むわけにもいかないですよねぇ」

「隔離病棟前にある資材庫を急遽《きゅうきょ》あけて、高齢の二名を入院させました」

　日進のひねくれた発言に、三笠はわずかも表情を変えずに応じる。

「残り四名のうち一番重症だった一名は筑摩野中央医療センターに依頼。残り三名は、保健所が圏域を越えて患者を受け入れられる病院を手配し、一名が飯田に、一名が木曽《きそ》の病院に入院となっています」

そこで言葉は途切れた。

思わず医師たちは顔を見合わせる。

飯田も木曽も、移動するだけで二時間近くかかる遠方である。しかも入院できただけ良い方で、肺炎があるのに入院できなかった患者が一名いるということだ。今も自宅で待機しているということであろうか。

こんな事態を、敷島は十八年の医師経験の中で一度も聞いたことがない。

三笠の抑揚のない声が続く。

「本日保健所から濃厚接触者八名の検査依頼がすでに入っています。うち二名に味覚障害などの症状があるとのことです。発熱外来担当者は、今日も大変だと思いますが、引き続き対応をお願いします」

「対応は構いませんが……」

挙手して発言したのは、外科の千歳である。

感情を消した怜悧《れいり》な視線を三笠に向けて続けた。

「おそらく今日も多くの陽性者が出るでしょう。昨日の時点で入院できない患者が出ているのに、新たに入院適応の患者が出てきた場合はどうしますか？　患者が来ればいくらでも診ますが、治療できる環境が用意されていないというのは不安があります」

冷静な指摘である。

そばに座る龍田も大きくうなずいている。

努力をすることに異存はない。けれどもできないことをやれと言われれば、穏やかではいられない。

現に、ベッドはないのである。

「その都度、私に連絡を」

三笠の声は静かであった。

静かであったが、独特の緊張感をはらんでいた。

ベッドを隠し持っているわけではない、と電話で言っていたのは三笠自身である。

「現在、院長や病棟師長とともに、感染症病棟のさらなる拡充を急いでいます。近日中に最大三十六床を確保するつもりです」

三十六……、と誰かがつぶやく声が漏れた。

信濃山病院が確保している感染症病床は、本来わずか六床なのである。拡充に拡充を重ねて二十床まで増やしたベッドを、内科と外科が総力戦でかろうじて支えている。三十六という数値は、常識的に考えられない。

「いつまで当院だけでやるつもりですか？」

千歳の声に、いつになく冷ややかな響きがくわわった。

敷島は思わず、千歳の横顔に目を向ける。

表情には微塵も変化はない。遠目には、穏やかな微笑さえ浮かべているように見えるが、しかし刃物のような視線が、三笠を見つめている。

千歳は、外科医でありながら、三笠、日進、敷島の三人の内科医だけでスタートした初期のコロナ診療チームに、自ら名乗りを上げてくわわった。柔軟で熟練の医師だが、使命感に燃えた熱血漢というタイプではない。淡々と、かつ的確に、まるで術中のメスさばきのように物事を進めていく人物である。

医療に対しては常に積極的だが、信濃山病院がほとんど孤立状態でコロナ診療を支えている現状には、微妙な違和感を示している。

三笠はわずかに沈黙し、やがて口を開いた。

「年末から院長が、市や保健所、および周辺医療機関に対して、当院だけでコロナを乗り切るのは無理だと繰り返し訴えています。市長の耳にも届いているはずですが、残念ながら行政は今のところ動きはありません。これを受けて、当院では近日中にテレビ会見を開き、直接世論に医療の危機的状況を訴えていく方針です。また、院長が自ら近隣の一般病院に患者受け入れの交渉を始めていますが、交渉自体は始まったばかりです。今のところ、いくつかの病院から、三名、ないし四名の受け入れが、来週にもできるかもしれないという返事が来ています」

先ほどとはまた違うざわめきが室内に広がった。

歓迎の声ではまったくない。

信濃山病院はすでに二十名を超える患者を受け入れている。個室に二人を押し込むなどの非常策で対応し、それでも入院できない患者は、はるか遠方の病院に搬送し、自宅待機の患者さえ出ているというのに、近隣の、はるかに規模の大きな病院が、わずかなベッドしか都合できないという。しかも来週以降の話だ。

「大学病院は動いてくれないのでしょうか？」

発言は、内科唯一の女性医師である音羽のものである。糖尿病内科が専門で、五年目であるから内科の最年少でもある。縁の細い丸眼鏡《まるめがね》をかけた痩せた女性だ。

「大学病院が、重症患者をひとりか二人診てくれているという話は聞いています。でも専門性やマンパワーから考えれば、今こそ本格的に乗り出してもらうべきではないかと思いますが……」

「それも交渉中です。窓口になっている教授からは、様々な部署からの抵抗が強く、なかなか準備が整わないとの返事が来ています。ただ、若くてＥＣＭＯ《エクモ》が必要な患者がいれば、必ず受け入れると返事をもらっています」

ＥＣＭＯというのは、体外式膜型人工肺の通称である。肺炎で十分な酸素を取り込めなくなった患者に対し、直接血液を体外に取り出して酸素化してから戻す一種の人工肺である。コロナ肺炎治療の切り札とされているが、所有している施設がきわめて少ないことに加えて稼働させる技術を持っている人員はさらに少ない。筑摩野中央医療センターにもない極めて特殊な機器である。

「若くてＥＣＭＯって……」

外科の龍田の、嚙《か》み締めるようなつぶやきが漏れた。

その太い眉を露骨にゆがめて声を荒らげる。

「若くてＥＣＭＯが必要な患者なんていませんよ。若い患者は僕たちでも診られるし、よほど特殊なケースでない限り重症化しないんです。やばいのは基礎疾患のある中高年の患者じゃないですか。元気に見える中高年の感染者が一気に悪くなるのがコロナのやばいところなんです。そのわけのわからない発言自体が、なにも現場をわかっていない証拠じゃないですか」

龍田の苛立った声が響く。

その苛立ちが呼び水となったように、室内にざわざわと私語が満ちていく。

――医師の精神はそろそろ限界に近くなっている。

敷島は、そっと手元に視線を落とした。

虫垂炎の診断が二時間待ち。

肺炎患者は自宅で入院待機。

近隣の医療機関はいまだ準備が整わず、明らかに対応に遅れがある。

院内を顧みれば、コロナにかかわる医師も看護師もまともな休息が取れていない。

この状況で、今日もこの小さな病院に大量の患者が押し寄せてくる。

すでに一年近くの長期にわたる消耗戦で確実に疲弊しているところに、過去に例のない圧倒的な大軍が迫っているということだ。

敷島は、頭の中でひとつずつ問題点を数えあげ、やがて小さく嘆息した。

「この戦、負けますね……」

なんとなく零《こぼ》れ落ちた敷島の声は、けして大きくはなかった。しかし幸か不幸か、医師たちの議論の狭間《はざま》を絶妙にとらえて、不思議なほど明瞭に響いた。

にわかに室内が静まり返る。

言葉の異様さも無論だが、普段は寡黙な敷島がその異様な言葉を口にしたという事実が、一層の存在感を持っていた。

いつもの敷島なら、気の利かない言葉で濁して、もとの沈黙に戻っただろう。しかし今日は、そのまま静かに語を継いでいた。

「圧倒的な情報不足、系統立った作戦の欠落、戦力の逐次投入に、果てのない消耗戦」

ゆっくりと指折り数えていく。

「かつてない敵の大部隊が目の前まで迫っているのに、抜本的な戦略改変もせず、孤立した最前線はすでに潰走《かいそう》寸前であるのに、中央は実行力のないスローガンを叫ぶばかりで具体案は何も出せない」

敷島は指先から顔を上げて、静かに告げた。

「国家が戦争に負けるときというのは、だいたいそういう状況だといいます。感染症の話ではなく、世界史の教科書の話ですけど」

静かであった。

八人の医師が、誰も口を開かなかった。

敷島自身、自分がなにを伝えようとしているのか、明確な意思を持っていたわけではなかった。

ただ、胸の内に鬱積していた何かを、吐き出さざるを得なかったのだ。

「負け戦か、なるほどな……」

つぶやいたのは、会議室の隅に座っていた循環器内科医の富士《ふじ》だ。八人の中で三笠よりも年配の六十二歳、医局の最高齢である。敷島以上に無口であるから、普段会議で口を開くことはない。その老医師がしわがれた声で続けた。

「敷島先生の指摘にもうひとつ付け加えてもいいかもしれない。根拠の希薄な楽観主義という精神だ。政府としては、ワクチンが来るまでの辛抱だと思っているのだろう。まだ届いてもいないワクチンのね」

低くしわがれた声に、隣に腰かけていた神経内科の春日《かすが》が、大きな黒縁眼鏡を持ち上げながらため息をつく。

「仮にワクチンが有効だとしても、世の中に行き渡るのに、あと数か月はかかりますね。気の長い話です」

「それまで、僕らはカミカゼということかい」

肝臓内科の日進がこぼした皮肉めいた忍び笑いに、糖尿病内科の音羽が肩を落として答える。

「本当にカミカゼみたいな目に遭うのは、私たち以上に、外来に来ている患者さんだと思います」

その通りだろう。

その通りだとしても、敷島たちにできることは限られている。

言葉にならない重い空気の中で、やがて敷島は軽く頭を下げた。

「すみません。余計なことを言いました」

いいや、と三笠が首を振る。

「敷島先生の言うとおりです。我々はすでに、経験したことのない領域に足を踏み入れつつあります。そのことをもう一度認識しなおして、私も院長とともに、市や保健所や、患者受け入れに二の足を踏んでいる他の医療機関に、現場の窮状を強く訴え続けていくつもりです」

三笠の言葉に、それ以上口を挟む者はいなかった。

三笠は内科の部長とはいえ、突き詰めれば病院の一内科医に過ぎない。行政を動かす権限もなければ、他の病院に指示を出す立場でもない。そのことは、誰もがわかっていることであった。

重い沈黙を押しのけるように、三笠は語調を改めて続けた。

「まずは今日の診療です」

その手がすぐ傍らのスクリーンを示した。

「現在、入院患者は二十三名。すでに定員超えの状態です。本日退院が一名。ホテルへの転出が四名」

スクリーンに今の状況を示す数値の一覧が表示される。

三笠は必要最低限の情報を医師たちに伝えていく。

「都心部では高齢の患者が増えており、死亡者の数は確実に増えています。高齢者が受診した場合は、症状が軽くても油断しないように。また、五十代、六十代の患者にも、急速に悪化する例があるという報告が増えています。入院患者の方も確認を怠らないようにしてください。今朝方、筑摩野中央医療センターから連絡がありましたが、数日前に当院から搬送した六十代の患者が残念ながら亡くなったとのことです。気を緩めることなくがんばっていきましょう」

穏やかな声がそのまま閉会を告げた。

すぐに医師たちが立ち上がって動き出す。

そのざわめきの中、敷島は遅れてやってきた衝撃からしばし身動きが取れなかった。一瞬、なにが衝撃的であったかさえ、わからなかったほどだ。

しばし沈思し、それから、ちょうど目の前を行きかけた三笠を、立ち上がりながら呼び止めていた。

「三笠先生、亡くなった搬送患者さんというのは……」

言い淀《よど》む敷島の言葉を、素早く理解したように三笠が応じた。

「六十二歳の男性だと言っていました。そうですね、先生が搬送してくれた患者さんです。若い患者だが糖尿病があったらしい」

「糖尿病といっても重症ではありませんでした。どういう経過で?」

「詳しいことまでは確認していません」

手元の書類に目を落とした三笠は「ただ」と言って顔を上げた。

「あっというまだった、と言っていました」

三笠は抑揚のない声でそれだけ告げて、歩み去っていった。

立ち尽くしたままの敷島の脳裏に平岡の姿が浮かんだ。

筑摩野中央医療センターの裏口で、高い冬空を見上げながらゆっくりと伸びをしている姿だ。

〝外の空気ってのはこんなに気持ちのいいもんですか〟

笑みを含んだそんな声がかすかに耳に残っていた。

他の医師たちが皆いなくなったあとも、敷島はすぐには動けなかった。


「信号よし！」

「信号、青確認よし」

「右折します、右よし、左よし！」

「左右車両よし、そのまま直進だな」

救急車の運転席から、救急隊員の歯切れの良い声が聞こえてくる。

車両はゆっくりと右折していく中、防護服に身を包んだ敷島は、大きく開けた窓の外を見つめている。

彼方《かなた》に見える北アルプスの山並みは、数日前と同じく稜線沿いが白く染まっているだけだ。今年は日本海側で記録的な豪雪となっているが、不思議とこのあたりは雪が多くない。例年ならふもとまで雪化粧になるはずが、今は存外に黒い山肌が見えている。

敷島は、後方へ流れていく寒々とした景色から、車内のストレッチャー上の患者に視線を戻した。

根津九蔵、七十歳、男性。今朝から呼吸状態が悪化している患者だ。朝のカンファレンス前に悪化の兆候が見られていたが、敷島が午前中の発熱外来を終えて病棟に上がってきたときには、酸素５Ｌが流れている状態であった。すでにアビガン、デカドロンを含め、できる治療は開始している状態での悪化であり、ただちに筑摩野中央医療センターに搬送となったのである。

救急車が直線に入り、速度を上げていく。

加速度を体で感じながら、敷島は目の前の患者に目を向けた。

数日前、平岡を搬送したときはアイソレーターという袋に包んで運んだが、今日の根津は、酸素マスクの下に紙マスクをしている状態ではあるものの、そのまま目の前のストレッチャーに横になっている。天井からおまけのように透明シートがぶら下がっているが、座った敷島の額の辺りまでしか下がっておらず、すぐ目の前に、白髭の患者の顔がある。

アイソレーターのない車両なのだ。

当然手配すべき搬送車両が、他院の重症患者搬送のために出払っていて、手配できなかったのである。感染症対策設備を搭載した救急車両は近隣には一台しかなく、搬送を終えて消毒に一時間かかる。そのあと、さらにもう一名の搬送の予定があるため、信濃山病院に来るのは夜になるという返事であった。

根津の呼吸状態は数時間で悪化している。夜までに人工呼吸器が必要になると判断し、敷島は防護服に身を包んで、通常車両での患者搬送を決断したのである。

これもまた医療崩壊の予兆か、と敷島は黙考する。

根津はときどき乾いた咳を繰り返しているが、敷島はもはや身じろぎもしない。

ただ黙って、根津の指先のＳｐ$O_2$モニターを見つめる。数値90。敷島は足元の酸素ボンベに手を伸ばして、５Ｌを６Ｌへと増量する。

〝今回は本当にやばいんじゃないかと思ってる〟

数日前、そう言った朝日の声が耳によみがえった。

朝日の予言は、確実に現実のものになりつつある。

今日の午前中の発熱外来を思い出せば、背筋が寒くなる思いだ。

朝のカンファレンスの段階では、予約の受診者は八名というのが三笠の連絡であったが、外来開始一時間ほどの間に次々と保健所から連絡が入り、濃厚接触者はたちまち二十名近くなった。

コロナ陽性はその半数近くにのぼり、七十歳以上の高齢者も三名。その三名ともがＣＴで左右両側の肺炎像を呈していた。

〝肺炎ですか？〟

ｉＰａｄの画面で目を丸くした老婦人の姿を、敷島は妙に鮮明に覚えている。

〝私、なんともないんですが……〟

そうなのだろう。婦人が虚勢を張っているわけではないことは、敷島にもわかる。

婦人はただ、東京から帰省した息子がコロナ陽性であったため、接触者として保健所から受診を指示されただけなのだ。来院時、熱をはかってみると37・２度という微妙な数値ではあるものの、その他はまったくの無症状だったのだが、ＣＴを撮ってみれば両側の肺に散在する影が明確に認識できた。

画像を見て、敷島がひやりとしたのは、その所見が死亡した平岡の画像によく似ていたからだ。

〝入院なんでしょうか？〟

不安げに問う婦人に、敷島はゆっくりと説明する。

「今のところ極端に危険な所見ではありませんが、七十八歳という年齢とこの肺の所見を見れば、比較的急に悪化する可能性もあります」

背後で鳴り響くＰＨＳの音や、スタッフの大声にかき消されないよう、できるだけはっきりと、ゆっくりと語をつないでいく。

「入院して、治療を開始すべき状態です」

にもかかわらず、と敷島は右の拳をそっと握りしめていた。

信濃山病院にはベッドがないのである。

「現在保健所が県内で入院可能な病院を探しています。まずは自宅に帰って電話を待っていてください」

〝家で待っていれば大丈夫なんですね？〟

「大丈夫です」

答えたとたん、胸の奥でかすかに小さなひびが入った音がした。

そのかすかな耳の奥の音をかき消すように、敷島はもう一度、まるで自分に言い聞かせるように同じ言葉を強く繰り返した。

大丈夫だと言える根拠などあるはずもない。

感染者急増の首都圏で、しばしば病院以外の場所で急死している患者には、こういう症例が含まれているのではないかと思う。それは根拠のない憶測というには、あまりにも鮮やかなイメージを持っている。もちろん入院させれば確実に救命できるとは限らない。けれども、高齢患者が院外で急変すれば、救命しようがないことも確かだ。しかも、いくら本人に注意をうながしても、自覚症状が希薄な患者が少なくないのである。そこまでわかっていて、現場の医師はどうすることもできない。

今日の昼も医局のテレビでは、どこかの医学部の教授が、医療崩壊寸前だと警鐘を鳴らしていた。これを受けたニュースキャスターは大変なことだと険しい顔で繰り返していたが、一連の流れが敷島には見当違いの茶番に見える。

医療は崩壊寸前なのではない。

すでに崩壊しているのではないのか。

「先生、まもなく到着です」

運転席の救急隊員の声で、敷島は顔を上げる。

いつのまにか窓の向こうに、中央医療センターの白い大きな建物が見えていた。殺風景な裏口に回り込んだ救急車の行く先には、すでに別の一台が止まっている。ここは一般的な医療圏を越えて遠方からも重症患者を受け入れている病院だ。ほかの地域からも搬送があったのだろう。

「根津さん、到着です」

敷島の言葉に、根津は小さく「ありがとうございます」と言ってうなずいた。

やがて車両が止まり、開いた扉から降りると、根津を載せたストレッチャーが車外に引き出された。

救急車のストレッチャーから、病院のストレッチャーへと患者が受け渡される。

その景色が、わずか数日前の平岡の搬送を思い起こさせ、たちまち不吉な予感を引き起こしたが、敷島は動じなかった。持ち前の冷静さを発揮したからではない。

おそらく根津は戻ってくることはない。

あの肺所見、今の呼吸状態、年齢、基礎疾患を考えれば、おそらくこの青い空の下に帰ってくることはない。

救急隊員から看護師に矢継ぎ早に申し送りがなされ、すぐに動き出したストレッチャーについて感染症病棟へと向かう。エレベーターに乗り、扉をいくつかくぐった先は、わずか数日前に来た時とさらに様相が異なっている。

前回は病棟の手前側にはいくつかの空室が続いていたが、今は満室とまでは言わないまでも、どの部屋にも患者が入っている。そこを多くのガウン姿のスタッフが往来し、あちこちでモニターが警告音を響かせ、ときどき聞こえる医師や看護師の声は殺気立った鋭さを帯びている。

患者を送り届け、イエローゾーンで防護服を脱いだ敷島は、ステーションの前で中の看護師に声をかけた。

「信濃山病院の敷島です。患者を搬送してきました。朝日先生はいらっしゃいますか？」

「お疲れ様です」

素早く答えた年配の看護師は、敷島に歩み寄る余裕もなく、

「すみません。今日は朝日先生も時間が取れません。お気をつけてお帰りくださいとのことです」

予想していた言葉ではあった。

ここももう、以前とは異なる段階に入っている。

敷島は多くを問わず、ただ丁重に礼を述べ病棟に背を向けた。気遣いの挨拶はかえって面倒をかけるだけであることは、同じ臨床医として承知していることだ。

扉をくぐり、エレベーターを降り、いくつかの渡り廊下をくぐって、外へと向かう。入ってきたときは感染者搬入用の裏口だが、帰りは正面玄関に回ってタクシーを呼ばなければいけない。

複雑な建物の中、廊下を曲がり、扉をさらにいくつかくぐったところで、正面の総合受付前までたどりついていた。

そこはコロナ診療とは異なり、今も一般診療が行われているフロアだ。

少し歩調を落としながら敷島は外へ向かう。

普通にお年寄りが杖《つえ》をついて歩き、車椅子の患者が行きかい、道を聞かれた看護師が患者に明るい声で説明をしている。慣れない松葉杖をついた若者がゆっくりと歩を進めている。売店でいくつものパンを買い込んできたらしき婦人が足早に通り過ぎていく。

――懐かしい景色だ……。

それが、敷島のいつわらざる感覚であった。

この病院の裏側では朝日たち数名の医師が、危機感に駆られながら必死に感染症病棟を駆け回っている。一方で、正面玄関にはまるで何事もなかったかのようにもとの世界がもとのままの姿で営まれているように見える。

一部のコロナ患者を受け入れているこの病院でさえこの状況であるのなら、コロナ診療を断っている病院は、もしかしたらほとんど何も変わっていないのかもしれない。何の準備もしないいま、通常診療という名の日常を続けているのかもしれない。すぐ足元まで、大きな亀裂が入り始めていることにも気づかぬまま。

受付前の待合室を過ぎ、ゆっくりと玄関へ向かう。

待合のテレビが、興奮した声で医療崩壊の危機を論じている様子であったが、敷島は何の興味も引かれなかった。

外に出てみれば、思いのほかの晴天であった。

額に手をかざし空を見上げる。

「負け戦か……」

思わず知らずのそのつぶやきが、青い空に昇っていく。

このままタクシーに乗れば、また最前線に復帰になる。小心者の自分にとっては、荷の重い戦場が待っている。病院に戻りたいかと問われれば、即答できる覚悟はない。しかし戻らないという選択肢もない。自分でも、不思議なほどにそれはない。

手をかざしたまま目を細めれば、いつになく澄み切って、雲一つない空が広がっている。世界の激変と縁もゆかりもないままに、ただ青々と遠く果てしなく広がる冬の空だ。

すぐそばを、患者とその家族らしい一団が通り過ぎていく。明るい話し声が近づき、また遠ざかっていく。

「負け戦だとしても、だ」

敷島はそんな言葉を吐き出していた。

さして意味のある言葉ではない。

ただ、空を見上げたままで、ゆっくりと右手を頭上に掲げた。

駐車場の奥に止まっていたタクシーが動き出し、目の前に寄せてくる。黒いセダンが眼前に止まり、座席の扉がゆるやかに開く。

もう一度青空を見上げた敷島は、白衣を掻き寄せながら後部座席に乗り込んだ。

そうして、いつものごとく静かに声を上げた。

「信濃山病院へ」

タクシーはすべるように走り出した。

# 第二話　凍てつく時

一月十四日は、夕刻から粉雪が舞い落ちる寒さの厳しい一日となっていた。

信濃山病院の発熱外来には、エンジンをかけたままの車が延々と列をなし、灰色の冬空から舞い落ちる雪と、車列から昇る白い排気とのおかげで、彼方《かなた》に広がる北アルプスの山並みも、霞《かす》んで見えない。

前日の一月十三日に、緊急事態宣言の対象地域が拡大されたばかりである。一月七日に一都三県に限定して発出された緊急事態宣言は、感染者を減少させる効果を示さず、一週間も経《た》たないうちに十一都府県まで広げられた形であった。もちろん宣言が拡大されたからといって、一日二日で何らかの効果が出るはずもなく、信濃山病院の外来には果てしない車列が連なっていた。

発熱外来の受診者は原則院内に入ることはない。車で来院した発熱患者はすべて駐車場に車を停《と》めて、そのまま車内待機であり、防護服を着た看護師が車にｉＰａｄを運んで、屋内にいる医師がオンライン診療を行う。

検査や処置が必要な患者がいれば、随時、建物脇の白いテントの中に誘導されるが、この場合でも患者が院内に入ることはない。コロナ感染の可能性がある患者を、徹底的に弾《はじ》き出し、絶対に院内に入れないようにするためのシステムだ。高齢者が多く入院している病棟に、たったひとりでも感染者を入れれば、それは即、多数の死者が出ることを意味する。

雪の下、車のエンジン音以外は静まり返っている駐車場の様子から、その緊張感は測りがたいが、しかし壁一枚を隔てた屋内は、様相が異なる。

もともとは倉庫であった場所を応急的に拡張し、衝立《ついたて》などで分割して運用されている発熱外来ブースは、人と物と音とが交錯し、大変な喧騒《けんそう》に満ちていた。

重なり合って鳴り響く電話。応じる事務職員の声。ｉＰａｄに向かって大声で話しかけている医師に、ＰＨＳ片手に何事か抗議の声を上げる看護師。その狭間《はざま》を、患者ファイルを持ってすり抜けていく者がおり、防護服などの物資を運び込む者がいる。

すでに外来業務時間を越えた夕方六時だというのに、声も音も途切れる様子がない。その騒《さわ》がしさの中で、敷島は卓上のｉＰａｄに向けて辛抱強く語りかけていた。

「ＣＴの結果では右側の肺に若干の肺炎像があるだけで、採血検査も良好です。入院ではなく、ホテル療養で良いという判断です」

敷島の説明に対して、画面に映る若い女性が、顔をゆがめる。

〃肺炎があるのに、ホテルで本当に大丈夫なんでしょうか？〃
「ホテルにも看護師が常駐しています。いつでも窓口になります」
〃でも、結構咳《せき》も出ていますし、体がすごくだるいんです。コロナって突然死することもあるってテレビで見ました。入院じゃだめなんですか？〃
もうすでに五分ほど前から同じ遣《や》り取《と》りを繰り返している。
患者は、二十九歳の女性。四日前に仕事で出かけていた名古屋から戻ってきたところ、発熱と咳が出るために受診した患者だ。コロナＰＣＲ検査の結果が陽性であり、ＣＴ上も肺炎像がある。二週間前であればまちがいなく入院であったが、今はこの年齢で呼吸が落ち着いている患者を入院させる場所などない。
〃昨日から熱も下がらなくて、つらいんです。なんとか入院させてください〃
女性はすでに三回目になる言葉を繰り返した。
「お気持ちはわかります。しかしコロナ感染症は、熱や呼吸の状態をしっかりとモニターしていれば、普通は急変する疾患ではありません。もちろん、ホテルに入ったとしても、何かあればすぐ当院で対応します」
〃何かあればって、何かあるかもしれないってことですよね？〃
ｉＰａｄ越しにでも、女性が身を乗り出してくる様子がわかる。
敷島にも患者の不安はわかる。
コロナというのは正体のつかみにくい疾患である。自宅待機中に亡くなった患者や、突然死亡が報告された政治家の報道もあり、不安を抱えている患者やその家族は多い。

しかし敷島の手元には、この患者以外にも、何人もの来院患者のファイルが置かれ、背後からは殺気立った看護師たちの会話も聞こえてくる。どうやら、他院から酸素投与の必要なコロナ患者が搬送されてくるらしい。残念ながら、これ以上時間をかけている暇はない。

〝先生、入院はだめでしょうか?〟

「我々としても、そうしてあげたいのですがベッドがないのです」

どこまでも感情の起伏を消して、敷島は答えた。

画面の向こうの女性は、さすがに口をつぐむ。

「先ほど比較的広い肺炎が見つかった患者さんは、当院にベッドがないため、二時間かけて木曽《きそ》地方の病院まで運ばれていきました。本当に、ベッドがないのです」

〝でも……私だってコロナウイルスに感染しているんですよね、ホテルに行って、本当に大丈夫なのか、私……〟

「大丈夫です。何かあれば必ず責任をもって対応します」

力強く告げながら、敷島の胸の内には冷え冷えとした何かが広がっていく。

――大丈夫です。

――責任をもって対応します。

なんの根拠もない言葉だ。それどころか、軽薄で無責任きわまる言葉だ。

絶対に大丈夫だという保証はないし、何か起こったときに必ず自分が対応できるとも限らない。

けれどもそう答えなければ、今を乗り切ることすらままならない。

事態はすでに、敷島の知る『医療』ではなくなっていた。一週間ほど前は、こんな言葉を口にするたびに、心の奥に痛みを感じたものだが、今はもう、わずかな感傷さえ覚えない。

敷島は、うなだれる患者に車内で待つように告げて、ｉＰａｄの回線を切った。小さくため息をつくと同時に、遠ざかっていた周りの喧騒が舞い戻ってくる。

――ホテルからひとり嘔吐《おうと》と下痢《げり》で戻って来ます。ベッドをなんとかしてください。

――何人濃厚接触者が出てるかって？　そんなことは保健所に聞けばいいでしょう。

――駐車場がいっぱいで、次の車が入れないって連絡ですが、誘導できる人はいないんですか。

電子カルテを入力する敷島の耳にも、そんな言葉が届いてくる。

苛立《いらだ》ち、憤り、焦り、諦め、室内を飛び交うそんな感情を背中に、敷島は淡々と端末に指を走らせる。

気が付けば一月もなかばである。

年末から急増しているコロナ感染者は、増加の一途をたどっている。平日、休日を問わず発熱外来には多くの患者が押し寄せ、外来だけでも常時二人から三人の医師を配置しなければとても対応しきれなくなっている。連日多数の陽性者が出ているが、ひとり陽性者が出ればたちまち多数の濃厚接触者も来院するため、まともな問診も取らずにＰＣＲ検査に回っている患者も多い。

入院は入院で、二十床の感染症病棟が満床状態のままだ。より正確には満床を超えている状態だ。少しでも改善してきた患者は、アビガン投与中であってもホテルへ送り出し、新規感染者をひとりでも多く受け入れているものの、急増する患者の数にまったく追いついていない。

これを受けて、入院かホテル療養かを判断する診断ガイドラインも日ごとに変わっていく。感染爆発前は、「CTで肺炎像があれば入院」というのが原則であったが、すぐに「軽度の肺炎像のみであれば入院不要」でホテル行きとなり、今では「3センチ以上の影が複数か所に同時にある場合のみ入院検討」となっている。入院を考慮すべき年齢の基準も、日を追って上昇し、もはやガイドラインの意味そのものが失われつつある。

次々と来院する患者の簡単な問診を行い、PCRを行う。陽性が確認されれば、採血を施行し、CTを評価し、入院かホテルかを判断して看護師に伝達する。

ほとんど流れ作業のような状況で、すでに敷島は、ひとりひとりの患者の顔も覚えていないし、入院適応と判断した患者が、どこの病院に運ばれているかも把握していない。

「終わりましたか、敷島先生」

背後から聞こえた声に振り返れば、感染担当看護師の四藤《しとう》が診察ブースを覗《のぞ》き込んでいた。敷島よりいくらか年上の四十代なかばで、発熱外来の責任者でもある。

敷島は患者のファイルを手渡す。

「肺炎があり、本人は入院希望でしたが、ホテルで説得しました」

「仕方がありません。ベッドはないんですから」

四藤の迷いのない声が応じた。

「病棟は、トイレの前にも患者を寝かせているような修羅場なんです。二十代の肺炎患者を入れる場所なんて、どこをどうひっくり返したってありません」

言いながら、抱えていた数名の患者ファイルを差し出した。

「三人ほどＣＴを撮り終わった人がいます。入院かホテル送りか、判断お願いします」

「新患もだいぶ溜《た》まっていますが……」

「駐車場が渋滞で身動きがとれなくなっているんです。入院でもホテルでも、とにかく動かせる患者優先でお願いします」

そんな声も、たちまち自分のＰＨＳの音にかき消され、四藤は手早く応じている。

「はい、感染四藤です」という鋭い声は、敷島も聞き飽きるほど耳にしている。

「あと二人コロナ疑い？　なんでうちばかりに患者が来るんですか。ほかの病院はなにをやっているんです！」

電話の相手は、保健所であろう。

その保健所に対する四藤の悲鳴は、信濃山病院全体の悲鳴でもある。

もとより信濃山病院はコロナ診療の拠点であるから、患者が集中することはやむを得ない。しかし、かつてない勢いで患者が急増しているにもかかわらず、周辺医療機関のほとんどは沈黙を保ったままだ。相変わらず多くの病院が、発熱があるというだけで診療を拒否し、かろうじてコロナ抗原検査を施行する病院も、陽性が出たとたん、ＣＴも撮らずに信濃山に紹介してくる。

ここ数日、一名ないし二名程度の患者の受け入れを表明した病院もあるが、あくまで信濃山病院の院長が直接依頼した患者を受け入れるだけであり、積極的にコロナ診療に乗り出そうという病院は一か所もない。入院患者についても、酸素が必要のない軽症であることや若い患者であることなど、様々な条件をつけた上、曜日や受け入れ時間まで限定されている。現場の窮状からは、かけはなれた態度であろう。

調整役を押しつけられている保健所も、よく持ちこたえていると言えるが、敷島たちにも同情している余裕はない。

敷島がため息をつきながら、患者のＣＴを確認しようとした矢先に、

「先生」

と別の声がかかった。

顔を見せたのは、衝立の向こう側で、発熱外来を担当していた五年目内科医の音羽だ。糖尿病内科が専門の音羽は、大きな丸眼鏡《まるめがね》をかけてひょろりと痩せた体格のために弱々しい印象を与えるが、存外に忍耐強く、この終わりの見えない発熱外来でも泣き言を言っている姿は見たことがない。

「ちょっと相談があるんですが、今、大丈夫ですか？」

うなずく敷島に、歩み寄った音羽は電子カルテに患者のＩＤを打ち込んで画像を立ち上げる。

「五十四歳の女性、他院ですでにコロナ抗原の陽性が確認されて紹介となりました。ＣＴが終わったんですが……」

言いながら呼び出したＣＴ画像にはかなり広範囲の肺炎像がある。一見して嫌な印象を起こさせる所見だ。

「ホテルで対応できるレベルではないね」

「そう思います、SpO$_2$も92パーセントと少し低めです」

「入院でいいと思う。車内から院内に移して酸素投与。入院ベッドについては、四藤さんに動いてもらうしかない。ほかの病院に転送になるかもしれないけど」

はい、ともう一度うなずいた音羽の様子に、敷島は目を向ける。

「ほかになにか気になることが？」

「この方じつは……」

一瞬言葉を切った音羽はすぐに語を継いだ。

「介護士さんみたいです」

敷島が軽く眉を寄せる。

「当院の介護士ではありません。市街地にある高齢者施設の介護士さんみたいで」

「施設の名前は？」

「介護施設『ラカーユ』と言っていました。ご本人から簡単に聞いただけですが……」

『ラカーユ』なら知っている。大学病院の近くにあるかなり大きな施設で収容人数も多い。当院の高齢患者もよく受け入れてくれている施設だ。

「はい」とうなずいた音羽が、さらに手元に持っていた三枚の患者ファイルを示した。

「その同じ施設で働いている介護士さんが、この方以外にも一人と、施設入所中の高齢者が二人、受診になっているみたいです。先ほど来られたばかりですけど……」

すっと敷島は背筋が寒くなる心地《ここち》を覚えた。

嫌な感覚が急速に拡大していく。

「検査はこれから？」

「はい、問診をしてそれからＰＣＲのつもりですが、事前情報では一名は咳と熱で、二名は今朝から味がしなくなったと言っています」

敷島は、思わず目を閉じて沈黙した。

わずかに間を置いて目を開ければ、音羽が祈るような表情を敷島に向けている。

同じ職場から、合計四人の関係者が受診している。しかも介護施設から……。それが何を意味しているのか、長期間コロナ診療の最前線にいる敷島や音羽にとっては、明白すぎるほど明白だ。

敷島は、声音を抑えて告げた。

「高齢者施設でクラスター疑い、か……」

音羽は小さくうなずいた。


夜十一時の国道は、車の影も見えず、静まり返っていた。

一月に入ってから、敷島の帰宅は深夜になることも少なくない。信濃山病院は市街地からは少し離れた山際にあるため、もともと交通量が多いわけではないが、今夜は、明らかに車の数が減っている。この時間ともなると、対向車もほとんどなく、ときどき思い出したようにコンビニエンスストアの明るい光が近づいては遠ざかっていくだけだ。

「『医療非常事態宣言』が、少しは効いているのか……」

つぶやきながら、ゆっくりとハンドルを切る敷島の耳に、ラジオのアナウンサーの声が届いてくる。その日、長野県内で出された県独自の警報である『医療非常事態宣言』について、ちょうど解説しているところだ。

昨日一月十三日には、『緊急事態宣言』の対象地域が拡大されたばかりである。長野県は対象地域外であったが、医療体制は明らかに逼迫《ひっぱく》しており、本日『医療非常事態宣言』という県独自の警報が発出された。病床使用率が五十パーセントを超え、医療が崩壊寸前であるという警報である。

医療の危機的な状態を、県の上層部がようやく汲《く》み取って発信してくれた、という安堵《あんど》感は、敷島たち現場の医師には微塵《みじん》もない。

〝僕の目には、医療はとっくに崩壊しているように見えるんですけどねぇ、県庁にいる人々の目には「崩壊寸前」で済んでいるらしい〟

今日の昼間、医局で耳にした、肝臓内科の日進のつぶやきだ。

敷島は、日進ほど皮肉な目線は持っていないが、その言葉を否定する気にはなれない。

感染対策の経過を振り返れば、行政の対応はどうしても後手に回って見える。政府や県庁に限らない。市の沈黙も不気味である。すぐ足下で急速に感染者が増えているというのに、市が、周辺の医療機関に対して患者の受け入れを働きかけているという話も聞こえてこない。先の見えない感染状況でありながら、どこからも具体的な対策が示されないために、現場は徐々に追い詰められ、疲弊感が蔓延《まんえん》しつつある。

敷島が、鬱々と思考をめぐらせているうちに、ラジオのニュースはいつのまにか切り替わり、オリンピックの話題になっていた。万全の感染対策をしてオリンピックを成功させようという論調である。開催の是非自体がはっきりしない不安の中で、必死に練習を続けている選手たちの様子が紹介され、同情的な意見が次々と語られる。

――万全の感染対策のもと、オリンピックは開催可能である。

――選手たちの努力が、多くの人たちに希望を与えてくれるはずだ。

――落ち込んだ経済を立て直すためにも、オリンピックを成功させなければいけない。

そんな熱のこもった解説委員の声が聞こえてくる。

敷島はほとんど無意識のうちに手を伸ばして、ラジオのスイッチを切っていた。

二十分ほどの運転で自宅に帰りつくと、あとはできるだけ静かに敷島は行動する。車のドアを静かに閉め、そっと家の扉を開けて中に入る。時間が時間だけに近所への気遣いもあるが、すでに寝入っている子供たちを起こさないためでもある。

「お帰り」

リビングに入ってきたところで、テレビの前のソファに座っていた妻が振り返った。

「相変わらず遅くまで大変ね」

「遅くなる日は寝ていていいって言ってるのに……」

小声で告げる敷島に、妻の美希《みき》は格別気にした様子も見せず立ち上がった。パジャマ姿のまま、深夜のキッチンに立って、夕食の鍋を温め始める。

「ご飯すぐ食べられる?」

「着替えたら、すぐもらうよ」

言いながら、敷島は洗面所まで行って着替えをすませた。

以前は家に帰ってくると、まずゆっくり風呂につかったものだったが、信濃山病院がコロナ患者を受け入れ始めてからは、病院でシャワーを浴びてから帰るのが日課になっている。車の中に置いたアルコールで手を消毒してから家に入るようにしているし、コートも車の中に置いて家には持ち込まない。

そんなささやかな行動が、どれほどの感染対策になるのかは敷島にもわからない。ただ、家族をほんのわずかでも感染のリスクから遠ざけたいための行動である。

パジャマに着替えてリビングに戻ってくる途中に、廊下から薄暗い寝室を覗き込むと、暗がりの中で二人の子供がすーすーと心地よげな寝息を立てている。

「怪獣たちの今日の様子は?」

この場合の怪獣というのは、桐子《きりこ》と空汰《そらた》と名付けた二人の子供のことだ。

「お父ちゃんの帰りを待つって騒ぎながら九時半には寝ちゃった」

二人は、小学校に上がった今も不思議とよく敷島になついている。早く帰って来られた日は、必ず一緒の布団で寝るし、あとから敷島が布団に潜り込んでも、必ず二人が両側から父親の布団に入り込んできて、敷島のほうが窮屈で眠れなくなるくらいだ。

家に不在がちな父親に、これだけ子供たちが甘えるのは、妻の努力の賜物《たまもの》なのだと敷島は思う。

テーブルに戻ってテレビに目を向ければ、ここもコロナ関連の話題である。

今朝の段階で、長野県の病床使用率が五十三パーセントと報じている。

「五十三パーセントか……」

敷島は薄ら寒いものを感じざるを得ない。

「五十三パーセントって聞くと、まだまだ半分近くのベッドが残っているみたいに聞こえるわね」

キッチンに立つ美希の声が届いた。

「これって、医療を知らない人にとっては、全然危機感が伝わらないんじゃない？」

率直な美希の言葉に、敷島は暗然たる思いでうなずく。

美希はもともと医療職ではないから、その感覚はいわゆる一般の人に近い。数日前に敷島が説明するまでは、美希も、病床使用率五十パーセントという数値を、まだ半分もベッドが残っている状態と理解していたのである。

問題としてはわかりにくい。

使用率が示されている『感染症病床』というのは、感染症『専用病床』ではない。基本的には一般診療で使用している病床のいくつかを感染症病床として各医療機関が標榜《ひょうぼう》しているだけである。あくまで書類上の概念的な取り決めであって、患者を受け入れられる感染症病床が、常にどこかに確保されているわけではないのである。

敷島のいる信濃山病院は感染症指定医療機関であるが、コロナ感染が始まる前には、どこにも感染症病床など持っていなかった。コロナ患者が増えるにしたがって、普段使用している病棟を少しずつコロナ用のベッドに切り替えて使っており、今もそうである。

つまり、「五十三パーセント」のベッドは一般診療を制限し、無理やり絞り出したベッドであって、今もまだどこかに四十七パーセントのベッドが残っているわけではない。感染症病床を使用すればするほど、一般医療は直接制限を受けることになり、逆に一般診療を維持しようとすれば、感染症病床を生み出すことはできない。この状況は、原則コロナ患者を受け入れたくない多くの医療機関に、格好の口実を与えることになる。つまり一般診療でベッドが埋まっているため、コロナ患者を受け入れることができないという理屈が成立するのである。

これが、利用率が五十三パーセントでありながら、どこにも患者の入院先がないことの理由である。

「病院はやっぱり満床なの？」

「満床どころか完全にオーバーフローしてる。数日以内に、三十六床まで拡充する案が本気で検討されている」

三十六？　と美希が目を丸くする。

敷島自身、同じ思いだ。以前から構想には上がっていたが、あまりに非現実的であり、実行に移されるとは誰も考えていなかった病床数であった。

「信濃山病院の感染症病床って、六床じゃなかったっけ？」

「そうだよ。そこをどんどん拡張して、年末には二十床まで広げたのに、ベッドは足りない。でも、相変わらずほかの病院は受け入れ態勢がほとんど進んでいないんだ。筑摩野中央医療センターが受け入れ患者数を増やしてくれたおかげで、なんとか持ちこたえているけど、このままだとあそこも長くは持たない」

「ほかにもたくさん病院はあるのに……」

美希が、湯豆腐の土鍋を運びながら、困惑顔を向ける。

「新型コロナウイルスはまだまだ未知の疾患だよ。感染力も定かでなく、治療法も確立されていない。受け入れようとすれば、膨大な資材と人員が必要になるし、スタッフにも、とてつもないリスクを背負わせることになる。喜んで受け入れる病院はないんだろうね」

感染対策の遅れもあるだろうが、なんとか理由をつけて患者の受け入れを先延ばしにしたいというのが、各医療機関の本音であろう。

美希が器に豆腐を盛ってくれる様子を眺めつつ、敷島は思考の沼を歩容《ほよう》する。

県内で、これまでコロナの患者を真剣に受け入れて治療してきた病院は、きわめて少ない。いや、県内に限らず日本全国そうであろう。どの土地も、信濃山病院のような感染症指定病院が必死に対応して、なんとか乗り越えてきたというのが実態であった。多くの人々にとって、感染の恐怖を身近に感じ始めたのはここ一、二か月の問題であろうが、クルーズ船の患者も治療し、一波、二波も乗り越えてきた敷島たちにとっては、すでに一年に亘《わた》る長期の消耗戦なのである。

患者数が少なかったことを考えれば、これまでの流れ自体がまちがっていたとは敷島は思わない。危険な感染症を受け入れる施設は、無闇に広げるより限定した方が、一般診療を守るためにも安全である。しかし、そういう理屈に胡坐《あぐら》をかいて、多くの病院が貴重な一年間をなんの備えもせず傍観していたという事実も否定はできないであろう。

想定外のパンデミックだったということだ……。

敷島は胸中でそんな言葉をつぶやく。

しかし、いつかの大地震、いつかの大津波のときも、『想定外』という言葉のもとで、多くの人が亡くなっていったはずだ。科学や医学の進歩がもてはやされている時代だというのに、『想定外』が一向に減らないというのはどういうことなのだろうか。

「コロナ患者の受け入れを拒否する病院を実名で公表するかもしれないってニュースでやってたけど、それで少しは良くなるの？」

美希の言葉に、敷島は我に返る。

「そういう議論も出ているらしいけど、対策としては見当はずれだよ」

答える敷島の声には疲労感がにじみ出る。

「もちろんもっと多くの病院が患者を受け入れるべきだとは思っているけど、病院にはそれぞれの事情がある。無差別に受け入れを要請し、拒否したら制裁を加えるというのは、かえって感染を拡大させることになりかねない。これだけ多くの人が亡くなっているのに、国のトップはまだコロナの怖さや難しさを理解していないみたいだ」

危機的状況にある信濃山病院の医師でさえ、すべての病院で無条件にコロナ患者を受け入れるべきだと思っている者はいない。現場と中央の感覚がこれほど乖離《かいり》していることに、ただただ呆《ぼう》然《ぜん》とするばかりだ。

「早く、前みたいに落ち着いた毎日に戻ってほしいわね」

敷島はゆっくりとうなずいた。

「桐子なんて、最近全然お父ちゃんが帰ってこないって毎晩玄関まで行って駐車場を見てるのよ」

敷島の胸にはこたえる言葉である。

年末から、まともに子供たちの遊び相手をする時間もなくなっている。以前は休日となると、桐子と一緒に折り紙を折ったり、空汰とは庭でサッカーの相手をして過ごすことも多かった。敷島は、折り紙もサッカーもまったく得意ではないのだが、いつも静かに考え事をしている父親の不器用な姿が、かえって二人の子供の目には愉快に映るものなのか、二人とも時間さえあれば敷島の手を引っ張りにきたものだ。しかし最近ではそんな休日もなくなっている。

しかも、まだまだ先は見えない。

敷島は、つかの間黙考《もっこう》してから口を開いた。

「明日は朝七時半から緊急の会議がある。帰りももっと遅くなるかもしれない」

緊張感のあるその言葉に、美希も静かに目線だけで応じた。

「高齢者施設でクラスターが出た可能性が高い。対策会議が早朝から開かれる。明日は対応に追われることになる」

美希はなにも言わずに、じっと敷島を見つめている。

「このあたりでも、施設や病院でのクラスターはもう何か所か出ていて、初めてじゃない。けれど今回は規模が大きいかもしれない」

「入院患者さんがまた増えるの？」

「増えるだけじゃない。認知症や寝たきりの患者が急増することになる」

「そう……」

医療について知識を持たない美希は、多くを問わない。

敷島も多くを語らない。

ただそれだけの遣り取りだ。

それだけの遣り取りが無意味だとは敷島は思わない。世の中には耐えるしかない問題というものがあり、そういうときには、沈黙を共有することが慰めになる場合もある。

「お豆腐、冷めちゃうよ」

そんな美希の言葉に、敷島はうなずきながら箸を手に取った。

「ベッド使用率五十パーセント台の長野県がこのありさまだ。八十パーセントを超えている東京は地獄なんだろうね」

今も東京では、多くの同業者が地獄を見ているはずだ。

敷島の頭の中には過酷なイメージがある。

声も上げず、黙々と、淡々と、地獄の中を歩き回っている医療者たちの姿だ。

敷島は、器から白い豆腐を持ち上げて、口に運んだ。

やわらかく茹《ゆ》だった豆腐が、冷え切った腹の底を少しだけ温かくした。


翌早朝の内科カンファレンスは、敷島の予想したとおり、緊張感に満ちたものになった。

朝七時半、大会議室に距離を取りつつ集まった医師は、内科部長の三笠を含めて六人。敷島のほか、循環器内科の富士、肝臓内科の日進、神経内科の春日、外科の千歳だ。糖尿病内科の音羽は早朝の救急車に対応しており、千歳の部下の龍田は病棟の急変に呼ばれている。若手二人が不在で始まった会議であった。

「時間も限られていますから、このまま始めます」

五人に相対した三笠が、散髪する暇もないまま伸びた白髪をかき上げながら宣言した。

「すでに連絡がいっていると思いますが、高齢者施設でのクラスター疑いです。場所は大学病院のそばにある高齢者介護施設『ラカーユ』。昨日、職員と利用者合計四名が受診していますが、全員がPCR陽性でした」

ざわりと会議室の中の空気が揺れる。

「四藤さんが昨夜、施設側に状況を確認しましたが、ほかにも複数名、感冒《かんぼう》症状のある者があるようです。本日の発熱外来に順次受診させますから、発熱外来の担当医はご了解ください」

手元の書類から顔を上げた三笠が一同を見渡す。

「これまでも周辺の医療機関や高齢者施設でのクラスターは少なからず発生していますが、今回は規模が大きい。施設の利用者は五十名以上。大半が八十歳以上で、九十歳以上の認知症や寝たきり患者も少なくありません。たとえ軽症であっても、ホテルに送るわけにはいきませんから、陽性者は順次入院させるしかないでしょう。今朝、院長判断で新たに指示が出ました。数日前から検討を進めていた感染症病棟の拡充ですが、本日実行します。これにより三十六名の入院が可能になります」

一度広まったざわめきは、潮が引くように遠のいていく。

ある程度予想していたとはいえ、三十六という数値のもつ威力は、やはり尋常なものではない。信濃山病院は二百床にも満たない病院である。呼吸器内科医も感染症専門医もいない。もともとは軽症から中等症初期の患者を診る病院という構想であったはずが、感染爆発を受け、軽症者のほとんどはホテル療養となっており、入院患者の多くが、酸素投与が必要な中等症であり、重症化しつつある患者も少なくない。

この状況でさらに三十六床に拡張するというのは、完全に想定を超えた事態であった。

「つまり」と肝臓内科の日進が分厚い唇を開いた。

「看護師の目が届かないくらい広くなった感染症病棟内を、認知症の老人があちこち徘徊《はいかい》するようになるかもしれないってことですか」

日進のつぶやきは、いつものごとく必要以上の皮肉な響きを含んでいたが、皆にとって重要な懸念を代弁するものでもあった。

五人全員の頭の中にあるのは『院内感染』の四文字だ。

万が一、感染患者が勝手に隔離病棟から出てくるようなことがあれば、それは院内感染を発生させることになる。院内感染は、ただちに病院機能の停止を意味する。この病院だけの話ではない。信濃山病院はこの一帯のコロナ対策の拠点病院だ。ここが停止すれば、地域全体の医療が崩壊する。

会議室の空気が一気に張りつめていく。

「高齢者が増えれば、管理も大変になりますが、重症患者も増えるということになりますね」

静かに問いかけたのは、外科の千歳である。

相変わらず表情も声音も穏やかだが、怜悧《れいり》な目が鋭く光っている。

「これまで当院では、軽症から中等症までの患者を診てきましたが、重症患者は転院を依頼してきました。高齢患者についても、重症化した場合は同様の対応で良いのですか？」

「人工呼吸器が必要な患者については、これまで通り、筑摩野中央医療センターへの転院を検討します」

「医療センターは受け入れ可能なんでしょうか？　我々が人工呼吸器が必要だと判断しても、受け入れ先がなければ治療の進めようがありません。向こうもベッドがかなり厳しいと聞いていますが」

切り込むような千歳の質問に、三笠はわずかに沈黙してから答えた。

「常に受け入れられるとは限らないでしょう。そのつど確認します」

三笠のきわどい応答に、誰もそれ以上踏み込んだことを問いかけない。納得しているからではない。三笠を問い詰めたところでどうにもならない事態であることくらいは、皆わかっているからである。

　息苦しい空気を振り払うべく、敷島が口を開いた。

「私たちはともかく、看護師たちは大丈夫でしょうか」

　三笠の静かな目が先をうながす。

「介護施設の利用者ということは、日常生活も自立していない人たちです。看護師たちは、防護服を着た状態で、オムツ交換から食事介助までやらなければいけなくなります。今でさえ、看護師たちは日常業務のほかにトイレ掃除や風呂掃除まで肩代わりし、休む間もなく働いています。この状況でさらに病床を増やして患者を受け入れるというのは、かなりの危険が伴うように思いますが」

　通常、トイレや風呂、廊下の掃除などは清掃業者の仕事であって、看護師の業務ではない。しかし感染症病棟に関しては、業者側が清掃を拒否しており、掃除担当者がいない。また、感染症病棟内に入院中は、軽症患者であっても売店への買い物も行けない。看護師は、事務員の力を借りつつも、買い物の代行まで行っている状態である。これで病棟が拡張されれば、看護師の業務は、雪だるま式にふくらんでいくことになる。

「すでに病棟師長から同様の懸念が出ており、対策を始めています」

　三笠は答えながら、背後のスクリーンに目を向けた。いくつもの表や数値がそこに表示される。

「現状の人員で、感染症病棟を増床すれば、もちろん管理は難しくなります。よって一般診療を行っているB病棟、C病棟から看護師を移動し、感染症病棟の人員を増員します」

「つまり一般病棟も大変になるってことですねぇ」

日進の声を黙殺して、三笠は続ける。

「また感染症病棟内では、入り口脇の第一病室、第二病室を認知症専用病室にします。徘徊を防ぐため、ドアの施錠を許可しました」

「すみません」と、神経内科の春日が細い手を挙げた。

春日は内科の中では、音羽、龍田についで若いが、三十代後半であるから年齢は敷島に近い。学究肌の大きな黒縁眼鏡をかけた医師だ。

「施錠は仕方ありませんが、認知症患者であれば、点滴を引き抜くこともあれば転倒することもあります。酸素モニターも勝手にはずされては観察もできません。なにか起こるたびに、看護師が防護服に着替えて確認に行くというのは、現実的ではないのではありませんか」

「現実的なことだけを実行します」

三笠の声は静かであった。

静かであっただけに、かえって独特の迫力を持っていた。

「コールマットが鳴ったとしても、看護師はすぐには駆けつけられないでしょう。転倒を防ぎきれない可能性がありますが、やむを得ません。点滴についても、現場が無理だと判断すれば中止してかまいません。リハビリも当面は対応不可能です。これもやむを得ません」

「やむを得ないことだらけではありませんか……」

比較的物静かな春日が、ずり落ちそうな眼鏡を持ち上げながら抗議の声を上げる。

「それでよいのですか。これでは高齢者をただ診断して隔離病棟に放り込んでおくだけという形になります」

三笠は眉を寄せたまま、すぐには答えず、手元の書類に視線を落としている。三笠にしてみれば、春日の指摘は、言われるまでもないことであろう。

「あまり三笠先生ひとりを困らせてはいけないんでしょうけど……」

毒のある笑みを浮かべながら、日進が間に入った。

「三笠先生、僕たち、もうそんなに余力はないんですよ。正直いって、疲れ切っています。それでもなんとか働いていられるのは、良い医療を提供したいと思うからです。しかしこの状況で、先も見えないままさらに無理を重ねていくというのはどうも……」

「わかっています」

三笠の声が遮っていた。

「しかし我々には、ほかに選択肢がないのです」

声音は大きくなくとも、ずっしりとした重い響きがあった。

三笠は卓上で手を組んだまま、医師一同に静かな目を向けた。

日進もさすがに笑みを抑える。

「対応が困難だから、患者を断りますか？　病棟が満床だから拒絶すべきですか？　残念ながら、現時点では当院以外に、コロナ患者を受け入れる準備が整っている病院はありません。筑摩野中央医療センターを除けば、この一帯にあるすべての病院が、コロナ患者と聞いただけで当院に送り込んでいるのが現実です。ここは、いくらでも代わりの病院がある大都市とは違うのです。当院が拒否すれば、患者に行き場はありません。それでも我々は拒否すべきだと思うのですか？」

訴えかける言葉は大きなものではない。むしろ抑揚も乏しく、凝縮された静けさに包まれていた。

もともと三笠は、温厚で知られた医師である。豊かな白髪の下に穏やかな微笑を浮かべたその姿を慕う者は、院内にも院外にも多い。ここ一年は多忙さの中で、徐々に微笑が消え、苛立った声を上げることも増えていたが、最近では再びもとの穏やかさを取り戻しつつある。しかし、もとに戻ってきたわけではない。以前にはなかった澄みきった静寂をまとうようになっている。

「皆さんの意見は当然です。私も自分が正しいと確信しているわけではありません。おそらく正解はないのでしょう」

三笠は遠くを見るような目で続けた。

「しかし、正解が出るまで待っている余裕もないのです」

現場はすでに通常の医療を成立させることができなくなっている。

外来診療も入院環境も、いずれも基本的な安全を確保することさえ困難になりつつある。そういう状況で、日進や春日の懸念は当然である。良かれと思ってどれほど全力を尽くしても、ひとつトラブルが起これば、患者だけでなく医療者にまで危険が及ぶことになる。

しかし、だからといって患者を拒否することが正しいのかと問われれば、敷島にはそうは思えない。無論、三笠の方針に対する反論は、いくらでも想定することができる。医師の個人的努力など自己満足に過ぎない。それで患者が本当に救えるのか？　これは医師が対応すべき事柄ではなく行政の問題である。そんな風に、なんとでも反論はできるだろう。

けれどもそれは、『きっと誰かがなんとかしてくれる』という幻想が許される、都市部のみの特権であろう。

この小さな町では、幻想はどこまでも幻想でしかない。

信濃山病院が断れば、本当に患者は行く当てがない。それが敷島にもはっきりとわかる。わかることが、しかし励ましにも慰めにもならないことも事実である。目の前には、数歩先も見えない真っ暗な闇が広がっている。

〝それはつまり〟と敷島は顔を上げて、正面に座る三笠に目を向けた。

三笠はすでに、その暗い道のりをひとりで歩き出しているということなのであろうか。あの静けさは、呆然と立ち尽くしている者の態度ではなく、すでに暗闇の中に足を進めている者の静けさであるかもしれない。

ややあって、三笠は短く問うた。

「質問はありますか？」

返事はなく、皆が押し黙る中、三笠はゆっくりと席を立ち、会議室を出て行った。

残された五人の医師は、すぐには口を開かなかった。

いびつな緊張をはらんだ静けさの中、妙に冷え切った風が流れていくのは、換気のために少し窓を開けているためばかりではないだろう。

かすかに救急車のサイレンが聞こえてくる。一般患者の救急車は受け入れていないから、発熱患者の救急車であろうか。音羽が懸命に対応しているに違いない。

「ひどいもんですねぇ」

息苦しい沈黙を最初に破ったのは日進だった。

いつもの皮肉めいた笑みに、見慣れない凄《すご》みが加わっていた。

「なぜ僕らがここまで過酷な目に遭わなければいけないのか、なんて言ったら、皆さんの顰蹙《ひんしゅく》を買いますかね？」

辺りの空気をさぐるように日進は周りを見回す。

「皆さんは立派なお医者さんですからね。まだまだ自己犠牲の精神にのっとって頑張れるのかもしれませんが、僕のような凡庸《ぼんよう》な小市民は、そろそろ退場を願い出たいくらいです」

常ならぬ不穏な言葉に、春日が驚いた顔をしたが、敷島は敢《あ》えて表情を消して見返しただけだ。最後列にいる富士に至っては、まるで眠ったように目を閉じたまま微動だにしない。

しかし、堅い静寂の中で応じたのは千歳であった。

「私も同じ気持ちです」

乾いた声が響いた。

「昨年末から我々はほとんど休みなしです。ただ多忙なだけでなく、感染のリスクにさらされながら懸命に働いている。それも、周りにはいくつも大きな病院があるにもかかわらず、当院だけがすべてを背負い込むような理不尽な体制だ。この強烈なストレス下で、病院の指示のもと、あの苦痛なPCR検査もたびたび受けさせられている。割に合わないと感じているのは日進先生だけではありません」

表情はわずかも変化を見せなかったが、発言内容はまちがいなく苛烈であった。

毒舌の多い日進からならまだしも、物静かな千歳からこういう言葉が漏れてきたことは、事態の深刻さを示している。

「春日先生だって、言いたいことはあるでしょう?」

千歳の唐突な言葉に、春日はあからさまに動揺する。

「最近は病院帰りの先生を、奥さんが避けるようになっていると話していたではありませんか」

「妻を責めるつもりはありません」

春日の声は、わずかに震えを帯びていた。

「妻も、子供たちを守るために、やむをえず私から距離を取るようにしているのです。万が一、家族内で感染すれば、大人はまだしも、子供たちが学校でどんな苛《いじ》めに遭うか、わかったものではないのですから」

思わぬタイミングで春日の苦悩が吐き出された形となった。

もともと春日はあまり自分のプライベートについて語ることがない。その内実について千歳が知っているということは、最近の出来事ではなく、以前から春日が抱えていた問題ということであろう。敷島の知らなかった話である。

幸い敷島の家はそれほど大きな変化は生じていない。妻の美希が医療者でないことがかえって寛容な空気を作っているのかもしれない。春日の妻はもと看護師であり、コロナ診療にかかわる医療者の家族が、苛めや嫌がらせに遭っているというニュースは、医療者たちの間に苛立ちと恐怖感を伴って広がっているのである。

新型コロナ感染症の持つ、きわめて厄介な側面が、コロナ診療の最前線にいる者たちの生活を確実に消耗戦に引きずり込んでいる。

千歳のどこまでも淡々とした声が続いた。

「この状況はまだまだ続きます。国はおそらく、経済を守るためには、ある程度医療の側にも犠牲が出るのはやむを得ないと判断しているのでしょう。抜本的な感染対策に乗り出すためには、まだまだ死者の数が足りないのかもしれません」

医師が口にするには極めて過激な発言に、日進は面白そうに笑ったが、春日はさすがに鼻白んでいる。敷島としては、若手の龍田と音羽が不在であったことに、安堵するだけだ。

そんな敷島に、千歳の目が向けられた。

「冷静沈着で鳴る敷島先生の意見はどうですか？」

問われた敷島は、すぐには答えず黙って千歳を見返した。

複雑に絡んだ血管や神経の走行を見極めようとするような、鋭い目が敷島を見つめている。表面的な返答は、憫笑《びんしょう》を誘うだけであることが、敷島にもわかる。

「寡黙な思索家の、本音というものを聞きたいですね」

「本音と言われても、何かを隠しているつもりはありません」

「優しい先生のことだから、三笠先生に気を遣っているのかもしれませんが、言いたいことがあるなら言っておいた方がよいですよ。三笠先生とともに玉砕することに浪漫《ロマン》を見出《みいだ》しているなら別ですが」

怖いことを言う人だ、と敷島は眉を寄せた。

千歳は摑《つか》みにくい人物である。もともと三笠、日進、敷島の三人だけでスタートしたコロナ診療チームに、外科医でありながら自らくわわったのが千歳である。のちには部下の龍田もチームにくわえて、コロナ診療を支え続けてきた。

〝誰も診たことのない疾患なら、普段は頭を使わない外科医でも、なんとかなるでしょう〟

外科科長のそんな言葉は、コロナ診療を内科だけに押しつける傾向のあった院内の空気を大きく変えてきた。

しかし千歳は、熱意や使命感だけで行動する直情の人ではない。事実、全身全霊をもってコロナ診療を支えようとしている三笠からは、微妙に距離を取り始めているようにも見える。

「浪漫にも玉砕にも興味はありません」

敷島は、静かに返答した。

「三笠先生の言われたとおり、この問題に正解はないのでしょう。ただ正解がないから逃げ出すというのは違うような気がしています」

「そうして色々考え込んでいるうちに、沈むかもしれませんよ、この船は」

「沈まないかもしれません」

そんな敷島の応答に、千歳はわずかに目を細めただけである。

「むしろ千歳先生こそ、これ以上の患者の受け入れはやめるべきだと考えているのですか？　患者を断るべきだというのが先生の意見でしょうか」

敷島の踏みこんだ問いに、千歳はなおも沈黙を保ったままだ。動かないその目は、何を見つめているのかさえ定かでない。

そんな二人の対峙《たいじ》を、春日は緊張した面持ちで、日進は興味深そうに見つめている。隅にいる富士は、無論聞いているのだろうが、反応を見せない。

なお続く沈黙の中でも、千歳の返答はない。

敷島は慎重に言葉を選びながら語を継いだ。

「私も、三笠先生の方針が正しいと確信しているわけではありません。しかし、ほかに理想的な代案も持っていません。代案もないのに、投げ出すというのは大人の態度ではないと思っています」

「代案があれば、方針転換もありうると受け取って良いのですか？」

「それが良い案であれば、喜んで方針を変えるでしょう。しかし名案がない今は、三笠先生の示してくれた方針に従って力を尽くすのが、私のやり方です」

千歳は身じろぎもせず敷島を見つめていた。

日進は、わずかに笑みを抑えて、二人を眺めている。

春日も眼鏡の奥の小さな目で、じっと千歳と敷島の対峙を見守っている。

それぞれの思惑が、見えない霧となって室内に沈殿していくようだ。

「そろそろ外来の始まる時間だ」

立ちこめた霧を払うように、そんなしわがれた声が響いた。最後列で沈黙を守っていた富士の声であった。

四人が振り返るのに対して、老医師はゆっくりと席を立つ。

「私にも名案はない。今しばらくは、この船が沈まぬよう、努力を続けるとしよう」

独り言のようにつぶやくと、そのまま返事も聞かず会議室を出て行った。

残った四人は、しばし言葉もなく見送っていた。

「富士先生はつまり、敷島先生の意見に賛成、ということですか」

千歳のそんな言葉に、日進が丸い肩をすくめる。

「愚痴ばかり言ってないで、黙って働けということじゃないですかねぇ」

「でも」と、春日が控え目な声で応じた。

「考えてみれば富士先生は、当院の最高齢医師です。一番重症化のリスクが高いのに、何も言わずに働いているんですね」

「それを言うなら、高度肥満と糖尿病のある私だって、コロナにかかったら死んじゃうかもしれないんですよ」

そんな日進のぼやき声が、ささやかな笑いを誘う。

愉快だから笑うのではない。

笑うために笑うのである。

いわばそれ自体が、互いの間に沈滞したいびつな空気を立て直すための、ぎりぎりのセレモニーなのである。

この現場には、誰もが満足する正解は存在しない。ゆえに、個人的な信念や本音をぶつけ合うような議論の仕方は、問題を解決しない。医療は青春ドラマではないし、ここに集まった医師たちは信頼と友情でつながったクラスメートではない。感情を抑え、微妙な駆け引きの中からぎりぎりの妥協点を探していく。それが唯一の方法論なのである。

やがて千歳が立ち上がり、日進も動き出した。春日は暗い面持ちのまま敷島に黙礼して席を立つ。

それぞれがそれぞれの思いの中で、再び現場に向かう。

――いつまで持ちこたえられるか。

敷島もまた、自分自身に問いかけながら、立ち上がるのである。


敷島は、本来消化器内科医である。

コロナ感染症が拡大するまでは、日々の業務の大半が内視鏡であった。胃カメラをやり、大腸カメラをやる。総胆管結石《そうたんかんけっせき》を除去し、早期に見つかった胃癌《がん》や大腸癌を切除する。

そういった日常業務が、しかしコロナ患者の急増に伴って、一変した。消化器の敷島に限らない。内科と外科は総力戦でコロナ診療に対応している状態であるから、各科とも本来の業務そのものが、成立しなくなりつつある。

しかし一方で、いくら一般の業務を制限しても、緊急の疾患は飛び込んでくる。特に敷島の担当する消化器内科という領域は、緊急処置が多い。

この日も、朝の緊迫したカンファが終わったあと、午前の内視鏡検査は問題なく終わったものの、午後の発熱外来が始まったタイミングで、吐血の患者が運び込まれてきた。たちまち敷島は外来と緊急処置の両方に追われることとなった。

「いま緊急内視鏡が終わったところです。もう少し待ってください」

内視鏡が終わったとたんに鳴り響いた電話は、発熱外来の四藤からのものだ。さすがに敷島の声にも、鋭い緊張感がくわわっている。

〝忙しいのはわかりますが、だいぶ患者がたまってきています。日進先生ひとりだと、回りきらないんです〟

応じる四藤の方にも、いつも以上に余裕がない。

〝例の施設のクラスターが押しかけてきてるんです。高齢者がたくさん待っていて、一時間前に検査を出した患者たちの結果も出てきているのに、方針も決まっていません〟

「ほかに動ける医師はいないんですか？」

〝音羽先生は専門外来の日で、春日先生は往診日、千歳先生と龍田先生は手術中だそうです。三笠先生は院長たちとコロナ対策本部会議の最中で、会議が終わるのは一時間後〟

四藤の切り込むような早口が、冷静であろうと努める敷島の心を苛立たせる。

目の前には、緊急内視鏡が終わって、まだ麻酔から覚めていない患者が横になっている。出血性十二指腸潰瘍で、今まさに止血処置を終えたところだ。敷島自身、患者の吐物で血まみれになった手袋をゴミ箱に放り込んだばかりなのである。

「あと十五分で行きます」

〝十五分もかかるんですか？　これからまだ新患も来るんですよ。高熱が出てる患者さんだって……〟

敷島はほとんど無意識のうちにＰＨＳを切って卓上に放り出していた。音を立てて転がったＰＨＳを見つめ、敷島は机に手をついたまま、しばらく微動だにしなかった。

――人間にはできることと、できないことがある。

そう思ううちに、強く右手を握りしめていた。

内視鏡で出血を止めながら発熱患者を診ることはできないし、二十床のベッドに三十人を入院させることもできない。それをやれと言われているような無茶苦茶な状況になりつつある。

焦ってはいけない……。

ようやくそれが、頭に浮かんだ言葉だ。

皆に余裕がなくなっている。あの手際のいい四藤でさえこうであれば、その下にいるスタッフたちの緊張は並みのものではないだろう。

もちろん自分も普通の精神状態ではない。会話の途中でPHSを切るなど、研修医以来の乱暴な行動ではないかと思う。人一倍冷静だと思われている敷島のそんな態度は、周りの内視鏡スタッフにも余計な緊張を与えたに違いない。

敷島は、大きく息を吐いた。

苛立ちや焦りは周りの人間に容易に伝染する。

いうなれば負の感情はあっというまにクラスター化する。現場の人間が無闇に感情をぶつけ合えば、クラスターはさらに拡大し、組織は統制がとれなくなり、本来の目的である医療どころではなくなってしまう。どこかで遮断し、拡大を防がなければいけない。要するに対処法はコロナウイルスと同じである。

敷島は、卓上に転がったPHSをポケットに戻し、それから敢えてゆっくりと椅子に腰を下ろした。

「ご家族に、内視鏡処置の結果を説明します。呼んでください」

告げると、背後にいた看護師が慌てて処置室から駆け出して行こうとする。

「急がなくていい」

敷島は、柔らかな口調で呼び止めた。

振り返る看護師に、敷島はゆっくりと言葉をつなぐ。

「我々が慌てていては、家族も不安になる。いつもと同じように……いや、いつも以上に、落ち着いて呼び入れてください」

　穏やかなその口調に救われたように、看護師は大きくうなずき、一礼してから身を翻していた。


　その日、敷島が内視鏡室から発熱外来に戻ったときには、外来全体が殺気立った空気に包まれていた。

　担当していた日進が怠惰であったわけではない。

　高齢者施設『ラカーユ』のクラスターが、想定を超える範囲で広がっていたのである。

　普段なら発熱外来に来る患者は、二十代から五十代という年齢層だが、その日の受診は八十代、九十代という高齢であり、当然オンライン診療も成立しない。施設の職員が数人をまとめて車に乗せてくるとはいえ、患者の状況を把握しようと思えば、結局直接見に行くしかないことになる。敷島自身、防護服を着て、患者のいる車まで往復しながら、高齢者の採血を指示し、CTを確認し、病院の内外を奔走しなければならなかった。しかも、認知症の高齢者の場合はたとえ無症状であってもホテル療養が不可能な点が、業務を倍加させた。陽性者はことごとく入院になるのである。

〝この年齢でホテルに行けるわけないじゃない。それとも施設に戻していいっていうんですか⁉〟

　PHS片手に声を張り上げていた四藤の様子が敷島の目に浮かぶ。

そんな四藤の向こうでは、太い首に汗を浮かべた日進が、iPadに映った高齢者に向かって、なにか懸命に説明していたが、画面には、相手の禿《は》げあがった頭部がわずかに映っているだけで、どこまで伝わっているのかもはっきりしない様子であった。

結局、敷島が、発熱外来を終えて医局に戻ってきたのは、夜八時半を過ぎるころであった。

「こんな時間まで、お疲れ様です」

敷島を迎えたその声は、糖尿病内科の音羽のものである。

無人と思っていた医局に人の声を聞いて戸惑った敷島であったが、音羽のほかにも、ソファに転がった龍田の姿がある。若手二人は今日も遅くまで働いているらしい。

「日進先生は大丈夫でしたか？　さっき逃げるように帰っていきましたよ。発熱外来は鬼門だ、とか言って」

龍田のおどけた声に、敷島はわずかに苦笑しながら、コーヒーの準備をする。

音羽が案じるような顔を向けた。

「今日も発熱外来の受診者が四十人を超えていたと聞きましたが……」

「情報が早いね」

「さっき四藤さんが医局に寄っていったんですよ。拡張したばかりのコロナ専用病棟があっというまに埋まっていくって……」

「感染経路不明の陽性者が増えている上に、『ラカーユ』のクラスターの影響が大きい。今日の午後だけで、施設の高齢者が六人入院している」

「高齢者が六人ですか……」

「その中の二人がかなり広範な肺炎像がある。アビガンも開始した」

「そんな肺炎になるまで、本人も周りも気づかなかったんですか？」

ソファで身を起こした龍田の質問に、敷島はうなずく。

「肺炎の二人とも症状はまったくない。明らかに酸素濃度が下がっているのに、苦しくないと言っていた。チアノーゼがあるのに笑顔というのは、あまり見たこともない景色だね」

「ハッピーハイポキシア、ですか」

音羽の言葉に、敷島はもう一度うなずいた。

『Happy Hypoxia』

幸福な低酸素血症、とでも訳すべき言葉が数日前の医学論文に記載され、注目を浴びている。

普通ＳｐＯ$_2$という酸素濃度は、元気な人であれば、96から98パーセントという数字であり、93パーセント程度まで下がってくると、普通の人間はかなりの呼吸苦を感じる。高齢者では90パーセント程度で元気な人もいるがそれは例外で、普通の成人であれば93パーセント以下で無症状ということはあり得ない。しかし新型コロナ肺炎では、ＳｐＯ$_2$が90パーセント程度まで下がっても、何の症状もない患者が少なくないのである。これがハッピーハイポキシアと言われている現象だ。

原因はまだ定かではない。しかし、症状が当てにならないということは確かであり、これがしばしば元気そうな患者が急変する原因ではないかという推論が成り立つ。

「どっちにしても、認知症のある高齢者で、広範囲な肺炎っていうと、結構やばいんですよね？」

「そうだね。二人とも酸素が必要な状態だけど、ひとりの患者は嫌がって酸素マスクを取ってしまうそうだ。看護師が何度もベッドサイドに足を運んでいるが、限界がある」

「感染症病棟では、家族に付き添いをお願いすることもできませんものね」

重苦しい空気が医局に広がる。

今朝のカンファレンスで春日が案じていたことが、すでに現実となり始めている。認知症患者には、看護師からの指示も通じない。

「いつまで続くんですかね、この状況。日ごとに事態が悪くなっているようにしか見えないんですけど……」

龍田がつぶやきながら、医局のテレビに目を向けた。

今夜もテレビでは、コロナ関連のニュースが続いている。今は日本中の様々な飲食店の苦境を紹介する特集のようだ。

「飲食業やら旅行会社が死活問題っていうのはわかるんですけどね」

龍田は大きな肩をすくめて吐き出した。

客が来なくて収入が激減だ。

家賃や運転資金だけでも大赤字だ。

もっと補助金を出してほしい……。

政府は俺たちに死ねと言うのか……。

そんなふうに、顔の見えない人々の、憤りに満ちた声が続く。

聞いているだけで胸が苦しくなってくる。

「俺ってやっぱり、心の小さな男ですよ。この人たちの言ってることはわかるんですが、だからって、患者が溢《あふ》れかえっている今の状態が、仕方がないことだとは思えません」

外科の龍田は以前から、経済よりも医療を守ることが最優先だという立場で一貫している。日日直接患者を診察し、自分自身が感染のリスクを背負い、ときには命の危険さえ感じることもある現場の医師としては、当然の主張といえる。

肝臓内科の日進も、この点については龍田と同じだ。

〝ワクチンが行きわたったら、いくらでも飲み食いに行きますよ。連日宴会だっていい。でも今はやめてもらえませんかねぇ。田舎《いなか》の病院で必死に働いている健気《けなげ》な肝臓内科医の努力も、少しは汲んでいただきたいですよ〟

皮肉屋の日進は、そんなことを言いながら、最近は飲食店関連のニュースを見ると、すぐにスイッチを切るようになっている。もともとコロナ診療に消極的な日進からしてみれば、経済を守るために微妙な感染対策に踏みとどまっている政府の態度は、歯がゆいとしか言いようがないに違いない。

この問題については、三笠は何も発言していないし、神経内科の春日と、糖尿病内科の音羽はもとより政治的な事柄に興味を示していない。

コロナ診療の柱のひとつである外科の千歳も、明確な意見を口にしていないが、苛烈をきわめる診療現場の中で、少しずつ諦観を強めているようにも見える。

今は経済よりも、医療を守ることを優先すべきなのか……。

敷島に結論はない。結論を出すには、あまりに物事を知らないと感じている。龍田や日進のように、明確に医療を優先すべきだと言い切れないのは、妻の美希の存在も影響しているように思う。

医療とは縁のない世界で生活する人々にとって、コロナは今もなお対岸の火事のように切迫感がないのかもしれない。若い人々の中には、今の職場に人生を懸けている者もいるだろう。若年者の死亡率がかなり低いことを考えれば、感染より解雇や廃業を恐れる気持ちも理解できなくはない。

ただ、経営の苦境を訴える大声の下で、黙って斃《たお》れていく人々がいることも敷島は知っている。

「コロナは災害なんですよ」

敷島の思索を遮るように、龍田がそんなことを言った。

テレビを、ほとんど睨《にら》みつけるようにして龍田は言葉をつなぐ。

「大津波とか大地震みたいなもので、たくさんの人が病院に運ばれて、たくさん死んでいくんです。そんな中で、店に客が来ないとか、売上が半減だとか、補助金よこせとか、いつからみんな自分の都合ばかり言うようになったんですかね」

「みんなが言っているわけじゃない」

敷島は我知らず、はっきりとした声で遮っていた。

龍田が口をつぐみ、音羽が不思議そうな目を向ける。

「みんなが不満を言ってるわけではないと思うよ」

敷島は多くは語らず、黙ってコーヒーカップに口をつけた。

敷島は格別の主張を持っているわけではない。むしろその気持ちの在り処《あか》は、龍田とかけはなれているわけではない。人の動きを止め、とにかく感染の拡大を抑えてほしいという切実な思いがある。

しかし、特定の立場から無闇と大きな声を上げることには、危険が伴うのではないかという思いが常にある。

テレビで不満を述べる者たちを見て、龍田は苛立ちを露《あら》わにしている。しかし今の龍田の意見を聞いて、怒りを覚える者もまたいるはずである。確かに増加する感染者を治療しなければいけない医療者は、直接命の危険を感じながら働いている。毎日のように感染者と接する中で、すぐ足元に『死』を見つめながら働いている。その点は、客が来ないと嘆いているレストランのオーナーとは根本的に危険のレベルが違う。

しかし、そうだとしても、と敷島は泡立つ感情の坩堝《るつぼ》からは距離を置く。

負の感情は次の負の感情を生み出すだけである。社会のあちこちでくすぶるその感情を野放しにしていれば、互いにただぶつかり合うだけで、立場の異なる人間同士のつながりを断ち切っていくことになるだろう。

負の感情のクラスターは何も生み出さない。皆が自分の都合だけをわめき続ける世界は、どう考えても事態を改善することはない。そんな思いが、敷島の沈黙をより一層深いものにしている。

「先生ってやっぱりすごいですよ」

龍田の言葉に、敷島は思考の沼から引き起こされた。

「どうしていつもそんなに穏やかでいられるのか、俺も見習いたいです」

「いつも言っているが、それは誤解だ。どんな思いを抱えていようが、この時間まで懸命に働いている先生たちは、間違いなく立派だと思っている」

「そうですよね」

音羽の、はずむような声が響いた。

「なんだかんだ文句を言いながら、龍田先生が一番遅くまで働いているんですから、立派だと思います」

「なんだよ、その取ってつけたような調子は」

取ってつけてなんていませんよ、と音羽が抗議をすれば、そんなのいらねえよと龍田が大きな手を振る。

噛《か》み合わないように見える会話に、なんとなく不思議な明るさがあるのは、若さゆえの力であるかもしれない。論理や理屈を抜きにして、若い二人の遣り取りが、医局の沈滞した空気をいくらかでも払ってくれる。

テレビに向かって怒りを爆発させるより、この方がよほど幸せな景色だと、敷島は思うのである。

先にも述べたが敷島の仕事は消化器内科医であって、コロナ診療だけが業務ではない。内視鏡検査もあれば外来や入院患者の治療もあり、自宅で介護生活を送っている在宅患者の往診もある。

コロナの拡大に伴って、縮小されている業務もあるが、地域に根差した一般診療を停止することは現実的に不可能であり、特に在宅で闘病生活を送っている患者の往診を延期することはできない。

月曜日は、外来を終えて昼から往診に行く日であるから、敷島は二軒の癌患者の家を車で回って、夕方には病院に戻ってくるのである。

車を停めて病院に戻っていく途中に目を向けるのは、もちろん裏口側の発熱外来だ。

土日も発熱患者が列をなしていたが、今日も病院前の公道まで、ぎっしりと車が並んでいる。その間に見える白い影は、防護服姿の看護師であろう。

今日の発熱担当は、誰であったか……。

そんなことを思いながら、地下駐車場から病院の通用口に向かった敷島に、ふいに届いた声があった。

「敷島先生じゃないですか」

振り返れば、駐車場の片隅で、顎にマスクを引っかけて、煙草《たばこ》を吸っている男性の姿が見えた。

肩幅の広い壮年の人物で、四角い顔に人懐っこい笑みを浮かべて歩み寄ってきた。

「山村《やまむら》さんですか」と敷島は、軽い会釈で応じた。

山村富雄《とみお》は、敷島の外来に高血圧で通院している患者だ。もう八年あまりの通院が続いており、その間に二度ほど大腸のポリープを取ったこともある。敷島の外来には多くの患者がいるが、その中でも山村は特に長い付き合いなのである。

「こんなところでどうしたんですか？」

「先生こそ、病院の外でお見かけするなんて、珍しいじゃないですか」

山村はそんなことを言いながら、敷島の視線に気づいて慌てて煙草を携帯灰皿の中に押し込んだ。

「私は往診の帰りです。山村さんは？」

「実はおふくろが熱を出しましてね」

熱？　と思わず一歩を引いた敷島に、山村は慌てて両手を振る。

「大丈夫ですよ。おふくろは要介護3の寝たきりで、家から一歩も出ることがないんです。おふくろの熱だって、朝から茶色いおしっこがオムツに出てるもんだから、前にもやった膀胱炎《ぼうこうえん》だと思います。俺だってほとんど家から出てないし、コロナとは縁もゆかりもありませんよ」

言いながら、駐車場の奥に見える発熱外来に目を向けた。

「しかし熱があるなら、とにかく院内には入れない。発熱外来に回ってくれってんで、こうして待ってるんですが、まあ、待ち時間の長いこと長いこと……」

敷島は、山村が自宅で老いた母親を介護していることを思い出してうなずいた。脳梗塞で寝たきりになった母親の面倒を見ながら、小さなイタリアンレストランを営んでいるのが山村なのである。

「家から出ていないと言いましたが、店の方はどうしているんですか?」

「年が明けてからは閉めてますよ。こんなご時世ですからな。客もめっきり減って、ろくに実入りがありません。しかし万が一、俺が客からコロナをもらって家に持ち帰ったら、おふくろはイチコロでしょう。俺も黙って家に閉じこもっているんですよ」

軽い笑顔でそんなことを言う。

山村の店は病院からほど近い通りにあり、敷島も足を運んだことがある。田舎町とはいえ、従業員ふたりを雇って繁盛していたはずであった。

「きついですね」

敷島が言えば、むしろ山村は驚いたような顔をする。

「きついったって先生、実際患者さん診てる先生たちの方がずっときついでしょう。俺たちなんて、知れたもんですよ。パスタを食いにきてくれないからって、すぐ死ぬわけじゃあるまいし」

さらりと爽やかな風が吹き抜けたような返答であった。

敷島の方が戸惑ったくらいだ。

〝みんなが不満を言ってるわけではないと思うよ〟

そんな言葉を口にしたのは敷島自身である。

格別の信念があって言った言葉ではない。ただ、きっとそうではないか、そうあってほしいという祈りにも似た思いがあっただけである。だが、少なくとも見当違いの空想ではなかったということだ。

この未曽有《みぞう》の大災害の中で、多くのひとが、静かに耐え続けている。テレビでは大声ばかりが行きかっているが、それがすべてではない。マスメディアは、舞台上で声を張り上げる人にスポットライトを当てることは得意だが、市井の沈黙を拾い上げる機能を持っていない。うつむいたまま地面を見つめ、歯を食いしばっている人の存在には気づいていない。声を上げない人々は、すぐそばに当たり前のようにいる。苦しい毎日に静かに向き合い、黙々と日々を積み上げている。

「じゃあ先生、俺はおふくろと車内待機なんで」

気軽に手を上げて、山村は背を向けた。

歩き出しながら肩越しに、

「先生もお大事にしてください」

そんな言葉を投げかけていった。

遠ざかる背中を、敷島は黙礼とともに見送る。

駐車場の向こうに山村が見えなくなるまで、敷島はしばらく動かなかった。


一月十九日。

日本国内において、初めて一日の死者が百人を超えた日である。

一か月あまり前には三十人の死者であったはずが、二週間前には五十人を超え、気が付けば、一日で百三人が死亡していた。

それに呼応するように、信濃山病院のコロナ患者もついに三十人を突破した。

その多くが酸素投与の必要な中等症患者であり、いつ重症化するかわからない患者もいる。介護施設『ラカーユ』のほかにも施設でのクラスターは収まらず、入院患者の高齢化、重症化も進んでいる。

朝のカンファレンスは、千歳の淡々とした声で始まった。

「第一病室の蟹山《かにやま》さんと大河原《おおがわら》さんの二人は、今朝の段階で酸素8Lが必要になっています」

8Lの酸素投与というのは、これまでのコロナ病棟では見られなかった数値だ。

敷島がこれまで筑摩野中央医療センターに搬送していった患者も、酸素4Lから5Lをひとつの指標としてきた。それだけの酸素投与が必要だということは、いつ人工呼吸器が必要になるかわからない危険な状態ということだからである。つまり、酸素マスクで8L投与されたまま、搬送されていないという事実は、きわめて重い事柄を意味していた。

千歳はどこまでも落ち着いた口調で続ける。

「二人ともあまり苦しがる様子はありませんが、$SpO_2$は80から90パーセントを推移しています。救命は難しい印象で、とくに蟹山さんは数日以内と思われます」

「いよいよ当院からも死者が出るってことですか」

日進の、わざとらしいつぶやきが医師たちの耳を打った。

この一年間のコロナ診療で、信濃山病院ではまだ一人も死者が出ていない。軽症から中等症患者の治療を担当し、重症患者を筑摩野中央医療センターに搬送するという立場であったからだ。しかしそういう取り決めが通用しない事態が生じつつある。

「酸素８Ｌともなれば、人工呼吸器を考えなければいけませんが」

千歳が語を継いだ。

「二人とも八十代の認知症患者です。医療センターに送らず、このまま当院で看取ります」

「我々はそれで良いでしょう。しかしご家族の希望は確認していますか？」

三笠の問いに、千歳が少しだけ目を細める。

「確認はします。しかし方針は変わりません」

その口調は淡々としているが、同時に揺るがぬ冷然たるものを含んでいた。

会議室には、七人の医師の姿がある。外科の龍田だけは救急外来に呼ばれて不在であるが、その他の内科医と外科医がそろっている。その全員が、千歳と三笠の微妙な会話の背景にある厳しい現実を認識していた。

一般的な医療において、患者の具合が悪くなってきた場合に、延命治療などを含めてどこまで治療するかを決めるのは、患者の家族である。治療内容を決定するのは、医師ではなく、患者、もしくはその家族であるというのが、医療の原則であるからだ。しかしこの感染爆発のただ中では、理想が成立しない。

もしコロナ患者に、さらなる高度医療を実施しようとすれば、筑摩野中央医療センターへの搬送が必須となる。しかし医療センターもすでに多くの重症患者を抱えている。それも、比較的若い世代で呼吸器が必要になった患者を受け入れ、集中治療に多大なマンパワーを割いている。そこに、高齢の認知症患者を運び入れて同じ医療を依頼することは、どう考えても現実的ではない。方針は変わりません、と告げる千歳の言葉は、変えるわけにはいかないという意味でもある。

三笠はつかの間沈思《ちんし》していたが、やがてゆっくりとうなずいて話を続けた。

「患者が死亡した場合の、退院の手順についてはフローチャートを作成してあります。患者は死後も感染源になります。特殊な遺体袋に入れる必要がありますし、受け入れてくれる葬儀業者も限られていますので、一度目を通しておいてください」

そのまま三笠の声が続く。

遺体の移動について一通り説明を終えたあとは、一般診療に関する注意事項だ。

引き続き入院患者の面会は全面禁止であること。入院予定の患者は、全例、前日または当日にコロナ抗原定量検査を行うこと。内科外科に一般診療を維持する余力がなくなりつつあるため、いったん二次救急などの当番制度から離脱するということ……。

話の内容は、明るいものはひとつもない。

「昨日、本日と、外来で確認された新規感染者数は、わずかながら減少していますが、まだ先は見えません。なにより入院患者は増え続けており、かなり状態の悪い患者も多い」

三笠がスクリーン上に、昨日の陽性患者一覧を提示した。

患者名、年齢、性別、重症度、ＣＴ所見などが一覧となった表だ。

「一見して患者の年齢層が上がっていることがわかると思います。重症度も上がってきますから、みなさん気を緩めずにお願いします」

三笠の説明を聞きながら一覧表を目で追っていた敷島は、そこに『山村静江《しずえ》』という名前を見つけて、一瞬、首をかしげ、すぐに目を見開いていた。

思わず、すみません、と敷島は挙手をする。

「山村静江さんは、私が外来で診ている患者の母親です。息子さんの話では、要介護度3の寝たきりに近い方で、家からは一歩も出ていないと言っていました。息子さん本人も感染には特に気を付けていると話していましたが、コロナ陽性というのはどういう経緯で……」

三笠はスクリーンを見上げてから、手元のファイルに視線を落とし、すぐに応じた。

「そうですね、基本的には自宅介護で外界とはほとんど接点のない生活の方ですが……」

「感染経路不明ということですか？」

「いえ一週間前に、わずかな期間ですが、ショートステイに出ていたとのことです」

「ショートステイ……」

「息子さんに用事があったらしく、二泊三日でショートステイに預けた記録があります」

三笠はファイルをめくりながら、

「普通は数日ショートステイに行ったくらいで、そこが感染源と断定できるものではありませんが、この場合は、ほぼ間違いないでしょう」

三笠は手元から顔を上げて告げた。

「預けた施設が、介護施設『ラカーユ』でした」

敷島は、なにか背中の方が冷たくなる心地がした。

息子があれほど感染に気を付けていたというのに、わずかな期間のショートステイが、命にかかわる感染症を運んできたということだ。

『ラカーユ』の最初の感染経路は不明であるが、どこからか入り込んだウイルスがいつのまにかひとつの施設を食いつぶし、そこから目に見えない触手を伸ばして地域の家庭の中にまで入り込んでいく様子が、不気味に目に浮かぶ。

「感染力が上がっているんでしょうか?」

音羽の控え目な一言が、会議室の空気に緊張を走らせる。

明確な根拠はなくても、同じような感覚を誰もが抱いている。

神経内科の春日が、ずり落ちかけた大きな眼鏡を持ち上げながら答えた。

「音羽先生の言うとおりかもしれません。第一波のときも第二波のときも、それなりに濃厚接触者を見てきましたが、陽性率はこれほど高くはなく、ここまで簡単に広がる印象ではありませんでした」

「変異株だと?」

問うたのは千歳である。

春日はゆっくりと首を振る。

「少なくともマスメディアが報道しているような、イギリス株や南アフリカ株が蔓延しているわけではないでしょう。でもウイルスというのは本来連続的に変異していく存在です。特徴的なアミノ酸変異を認識できないからといって変異していないというわけではないのです。なにより、自然界の中では時間経過とともに感染力の高い株が増えていくのがウイルス学の基本です」

春日の口調は、力強いものではないが、その論述は明確な骨子を備えている。膠原病《こうげんびょう》から変性疾患に至るまで、免疫に関する多様な疾患を治療している神経内科の春日は、ウイルス学に関しても、豊富な知識と経験がある。

「ショートステイで感染してしまった患者さんも大変ですが、施設の方もいま大変な目に遭ってるみたいですよ」

ふいに飛び込んできた声は、会議室に入ってきた龍田のものだ。

「遅れてすみません」と龍田が席につきながら、太い首を動かして頭を下げた。

「聞いてます？『ラカーユ』は、いま大変な目に遭ってるみたいです」

「新聞に載っていた、誹謗《ひぼう》中傷の件か？」

千歳が眉を寄せて応じれば、龍田が大きくうなずく。

「犯罪だとか、死ねだとかの電話や中傷ビラがひっきりなしに来るらしいですよ。窓ガラスが一枚割られたって話も聞きました」

頬を引きつらせる音羽の向こうで、日進が大仰に首を振る。

「本当にアホな人間が多いですねぇ。コロナは武漢《ぶかん》から出てきたのであって、介護施設が作り出したわけじゃないでしょうに」

日進の言葉に、春日も龍田も音羽もうなずいている。

「想像力が欠けているんでしょうな」

低い声は、最後列で沈黙していた富士のものだ。

「苦しんでいる人を匿名で誹謗中傷するなど、人間の行為の中でもっとも下劣なものです。いくら感染の恐怖が大きかったとしても正当化できるものではない。コロナを心配する前に自分の頭の方を心配した方がよい」

低い声の中に珍しく怒気がある。この老医師が怒りを見せるなど、いまだかつてどの医師も見たことがない。

ゆっくりとうなずく三笠の前で、

「コロナは、肺を壊すだけではなくて、心も壊すのでしょう」

言ったのは春日である。

「コロナと聞いただけで、誰もが心の落ち着きをなくし、軽薄な言動で人を傷つけるようになる」

妻や子供から避けられている春日の言葉には、抑えきれない痛ましさがある。

「不安に駆られた人々にとっては、感染者が実際にいるかどうかは関係がありません。ただいたずらに暴言を吐いて、他人を傷つけ、しかもあくまで自分が被害者面をする。当の本人たちは自分の心が病んでいることにさえ気づかないのですから、これほど厄介な話もないでしょう」

「まったくですよ」

龍田が大きな声で応じた。

「中傷のビラなんか撒《ま》くような奴《やつ》は、つかまえてネットにでもさらせばいいんです。いざ病気になって病院に来ても、こっちから診療拒否ですよ」

「それでは我々も、ビラを撒く人たちと同じになってしまう」

敷島の、思いのほかに大きな声が響いた。

さすがに春日も龍田も口をつぐんだ。意外な発言者に、千歳が軽く顔を動かし、富士までいくらか身じろぎをした。

敷島は少し声音を落として続けた。

「我々は確かに過酷な状況にあります。しかし、だからといって、過激な発言をしていいわけではない」

一度言葉を切った敷島は、さらに語調を穏やかにして続けた。

「大切なことは、我々が同じような負の感情に飲まれないことでしょう。怒りに怒りで応じないこと。不安に不安で応えないこと。難しいかもしれませんが、できないことではありません」

一言一言をかみしめるようにゆっくりと吐き出した。それはある意味で、確固たる理念や思想を持たない敷島の、唯一の哲学であるかもしれない。

龍田や春日はむろんのこと、千歳も富士も沈黙したままであった。進んで賛意を述べる者はいなかったが、反論がなかったことも事実であった。

いつになく緊迫感の広がった会議室の中で、おもむろに笑ったのは日進だった。

「嫌いじゃありませんよ、そういう考え」

にやにやと笑いながら、

「生真面目《きまじめ》な敷島先生と意見が合うとは思いませんでしたがねぇ。暗いことが多い世の中です。こういう時こそ、怒りにはジョークを、不安にはユーモアを」

「心の処世術《しょせいじゅつ》、といったところですか」

千歳の面白がるような一言に、日進は「その通り」とうなずき、

「そして、ジョークとユーモアを届ける素敵な肝臓内科医には、皆さんの敬意と優しさを」

千歳が小さく鼻で笑う。

春日が呆《あき》れ顔を向けている。

龍田は苦笑し、音羽がおかしそうに笑う。

日進は格別気にした様子もなく、相変わらずにやにやと笑っている。敷島はふと考える。日進の態度はどうしても軽薄な印象を与えるが、その軽さは、もしかしたら日々の異様な緊張感を解消するためのひとつの戦略であるかもしれないと。

一同を見守っていた三笠は、やがて会話が途切れたところを見計らって口を開いた。

「大変な日々はまだまだ続きますが、今日も気をゆるめぬよう、診療に従事してください。昨日の陽性者の濃厚接触者も今日はたくさん来ます。おそらくかなりの割合が陽性で出てくるはずです。体調に気を付けて、感染防御をゆるめずに。以上です」

三笠のその言葉を合図に、各々の医師たちが短く返事をして立ち上がっていく。

日進と千歳が言葉を交わしながら、龍田が音羽に何か軽口を投げかけながら、富士は沈黙のま

ま、春日は大きな眼鏡を持ち上げながら、それぞれの態度で会議室を出ていく。

敷島もゆっくりと立ち上がりながら、しかしふいに何か引っかかるものを感じて、動きを止めた。

何に引っかかったのか、それをさぐるように、机の上に置いた自分の手を見つめる。

先ほどの三笠の言葉が脳裏に流れた。

気をゆるめないように……昨日の陽性者……濃厚接触者がたくさん来ます……かなりの割合が陽性……。

ゆっくり反芻《はんすう》していく中で、ふいに敷島は背筋にぞっとするものを感じた。

濃厚接触者……。

にわかに視界が淡く色彩を失い、時が凍ったように止まる。

山村静江の濃厚接触者は、昨日駐車場で会った息子の山村富雄だ。熱心に介護していたことを思えば、ほぼ間違いなく陽性であろう。だとすると、コロナ陽性者と、敷島は不用意に会話を交わしていたことになる。

本来なら、防護服越しか、ｉＰａｄ越しで話すべき陽性者と、直接向かい合って話をしたということだ。

敷島は、霞む記憶の向こう側を大急ぎでさぐる。

あの駐車場で数分間の会話をしたとき、山村はマスクをしていたであろうか。

声をかけてきたときは煙草を吸っていた……。顎にはマスクがあったように見えた……。会話の途中で煙草を消し……、そのあとマスクは……？

記憶が定かではない。

敷島の額に小さな汗が浮かび上がった。

自分はマスクをしていた。しかしフェイスシールドは当然していない。相手がマスクをしていたかは明確ではない。距離はどれくらいで何分くらい話していたであろうか……。濃厚接触の定義のひとつは「十五分以上の会話」だが、それほど時間はたっていなかったはずだ……。

しかし、いずれにしても陽性患者と不用意に会話したことは事実である。

敷島は一般人ではない。医師である。しかもただの医師ではなく、コロナ診療の中核を担う医師である。万に一つでもウイルス感染を起こせば、その影響は甚大なものになる。

「敷島先生、大丈夫ですか？」

通り過ぎようとした三笠が、足を止めて声をかけてきた。

それだけ敷島の顔色が悪かったということかもしれない。

敷島は、顔を上げたが、すぐには言葉が出なかった。

凍《い》てついた時の中で、声もなく立ち尽くしていた。


車の中で、敷島は後部座席を倒して横になっていた。

敷島の乗る日産セレナは、二人の子供の成長を見越して、二年ほど前に購入したばかりの新車である。

まだ小学校に上がる前だった桐子と空汰は、後部座席がフルフラットになるこの車を見て大喜びしたものだ。夏場の話だが、どこに出かけるわけでもないのに、わざわざ自宅の駐車場で、車の中に布団を敷いて一緒に寝たこともある。

そのときは意外と窮屈な気がした車内は、しかし今の敷島にとってずいぶんと荒涼とした空間に感じられた。

寝袋を置いてあるが、まだくるまってはいない。窓の外はすでに夜である。

夜空を見上げる敷島の脳裏に、朝の三笠との会話がよみがえる。

〝陽性者と、間近で会話したことになるかもしれない、ということですね〟

敷島はゆっくりとうなずいた。

「息子さんの検査結果を待たなければ、陽性かどうかはわかりませんが、熱心な介護をしていましたから、原則は陽性と考えるべきです」

「しかも、相手がマスクをしていなかった可能性があると？」

問いかけながら、三笠は、ゆっくりと二歩後ろに下がって、敷島と距離を取っていた。

当然の対応であるが、心の奥底に冷たい空気が流れていく。

濃厚接触の定義は、「マスクをせずに」「１メートル以内の距離で」「十五分以上会話すること」である。現時点では山村が陽性か陰性かも定かでない上に、たとえ山村が陽性と出ても、敷島は濃厚接触者にあたらない。

しかし、以前に比べて感染力が上がっているかもしれないと思われる状況では、絶対に安心とは断定できない。まして敷島の行動範囲は、コロナ診療以外にも、外来、病棟、内視鏡室に訪問診療と多岐にわたる。万が一敷島が感染したまま普段の行動を続ければ、とんでもない規模で感染を拡大させることになる。

三笠の結論は速やかであった。

山村富雄の検査結果が出るまで、自宅待機。

そうして、敷島は、電話で片づけられる業務だけを整理して、ただちに病院を出たのである。

敷島の脳裏に、わずか半日の間の様々な景色がフラッシュバックしていく。

院内ではこの件がすさまじい勢いで広まったようで、廊下を足早に歩いていた敷島を静かに避けていく人の気配が感じられた。医局最年長の富士などは、廊下の向こうから歩いてきた敷島に気づいたとたん、さりげなくUターンして立ち去っていった。富士の年齢ではコロナ感染は死につながりかねない。当然といえば当然だ。

車に乗り、帰路につき、とにかく心を落ち着かせて帰宅した敷島を、二度目の衝撃が襲った。

玄関の扉を開け、迎えに出た美希は、思わぬ夫の早い帰宅に驚いていたが、敷島から状況を聞いたとたん、おおいに狼狽《ろうばい》を見せた。ただ慌てただけではない。美希の目に走った恐怖の色を、敷島は見逃さなかった。

どちらかというと受け身であり、医療については敷島の話の聞き手に回ることの多い美希の目に、明確に浮かんだ強い感情は、敷島の腹の底に冷たい氷の針を差し込んだような痛みを覚えさせた。

コロナはウイルスそのもの以上に、恐怖の輪を広める。

その事実を、思わぬ場所で突き付けられた形だ。

敷島は、美希が何か答えるより先に、

「今日は車で寝るよ」

そう言って、寝袋の手配だけを頼んで、車内に戻ったのである。

それらはすべて昼過ぎの出来事であったが、車の窓から見上げる空には、すでにオリオン座が輝いている。夕方に美希が夕食のサンドイッチを届けてくれたとき以外は、窓すら開けていない。

手元でスマートフォンを弄《もてあそ》んでいるのは、つい先ほど、家の中の子供たちとビデオ通話をしていたからだ。

まだ小学校低学年の二人は、早い時間に家に帰ってきた父親が車の中にいることに当初は大変な抗議の声を上げていたが、しかし状況を漠然と理解することくらいはできるのだろう。会話をしているうちに少しずつ落ち着きを見せた。

〝いつ家に入れるの？〟

画面の向こうから覗き込む桐子に、敷島は無闇と大げさな笑顔で応じる。

「まずは一晩かな」

〝じゃあ、明日からは一緒に寝れる？〟

そのはずだ、と言おうとして、敷島は言葉を持たない。

もし山村が陽性と出れば、敷島の立場はどうなるのか。ＰＣＲ検査を受けるのだろうか。受けるのはよい。しかし一度ＰＣＲで陰性が出たからといって、院内を歩けるものだろうか。濃厚接触者ではないから大丈夫だと断言してよいものであろうか。

無理だろう……。

実際に診療に携わってきたからこそ、敷島自身がそう思う。

完全に感染を否定するためにはおそらく二週間の隔離ということになる。

その間は、院内にも戻れず、家にも入れない。思わぬ休暇だと喜ぶ気持ちが、微塵も浮かんで来ない。

今日までわずか八人の医師が死に物狂いで診療を支えてきたというのに、自分は脱落することになる。けがをした兵士が、戦友を置いて戦場から離脱するときの気持ちは、こんなものなのか、と妙なことを考えてしまう。

「いつ帰れるかは、まだわからない。でも必ず帰れるよ」

敷島は、できるだけ明るい口調でそんな言葉を返し、困惑顔で電話を離さない娘と、いつになく長い話をした。

学校の様子を聞き、好きな科目を聞き、最近読んだ本の話を問う。どうやら桐子は、敷島が空汰のために買ってきた『三国志』に夢中になっているらしい。小学二年生の女の子の口から、関《かん》羽《う》だ張飛《ちょうひ》だと猛将の活躍が次々と飛び出して来ることに、敷島は思わず笑ってしまう。

なんのきっかけか、名前の話になり、最初に産まれた娘に桐という花の名前をつけた理由について、時間をかけて話をした。

桐という植物は丈夫で長持ちがし、多くの家具の材料となる。花は豊かな香りをもち、人の心を和ませてくれる。

誰かの役に立つ大人になるように。

多くの人を幸せにしてくれる大人になるように。

そんな思いを込めた名前だという話だ。

桐子はふーん、と不思議そうな顔をしていたが、いつになく父親と長い時間を話せたことに満足をしたのか、やがて、おやすみ、と言って電話を切った。

あとは車内に静寂が満ちるばかりである。

オリオン座はゆっくりと空を旋回しつつある。

静けさの中、なんとなく体を起こして胡坐をかく。

視界の隅には、水筒が一本と文庫本が二冊。美希が寝袋と一緒に届けてくれたものだ。

一冊はマルクス・アウレリウスの『自省録』、もう一冊はゲーテの『ファウスト』。よほど慌てていたのだろうか。本の選別も脈絡がないし、なにより『ファウスト』は下巻である。

『自省録』は敷島が学生のころから好んで読み返した本だから、ずいぶん古びている。ローマの賢帝が記した格調の高い自伝的作品である。

街灯の光の下で、久しぶりに開いてみれば、冒頭からアウレリウスの涼し気な言葉が並ぶ。

〝祖父からは清廉《せいれん》と温和を教えられた〟

懐かしい文章だと思いながら、活字を目で追っていく。

〝父から教わったのは、つつましさと雄々《おお》しさ。
母からは、悪事をせぬのみか、これを心に思うさえ控えること。
家庭教師からは、寡欲《かよく》であること、中傷に耳を貸さぬこと……〟
何年ぶりかに読んだ言葉を追ううちに、ふいに文字が揺れて霞んだ。
涙が浮かんでいた。
なんの涙か……。
敷島自身にも、わからなかった。
突然、脳裏には、無数の景色が浮かんでは消えていった。
脈絡のある映像ではない。
——必死に外来を駆け回る自分の姿、
——ｉＰａｄに映る不安そうな患者の顔、
——廊下の向こうで避けるように姿を消した富士、
——内視鏡画面を染める真っ赤な血液、
——四藤の苛立つ声、
——妻の目に浮かんだ怯《おび》えるような光、
——画面の中で、寂しそうな顔をする桐子。
胸の内でうごめく暗い感情が、にわかに大きく広がっていく。
その正体がなんであるのか、敷島にもわからない。

言葉も思索も通じない黒々とした感情を、ただ茫然《ぼうぜん》と見つめるうち、気が付けば、敷島は『自省録』の数ページを右手でくしゃくしゃに握りしめていた。そう思った瞬間、手はひとりでに動き、ページを力任せに引きちぎっていた。

乾いた音が闇の中に消えていく。

何度も読み返してきた愛着のある本が、無惨に傷つけられていた。

やがて、握りしめたままの右手を膝の上に戻したとき、敷島の喉に嗚咽《おえつ》がこみあげていた。

シートの上に胡坐をかいたまま、肩を落とし、手だけを握りしめ、敷島は小さく震えていた。

わずかに差し込む街灯の光の中で、いつまでも震え続けていた。


山村富雄の検査結果は陰性。

その報告が届いたのは、翌日の昼過ぎである。

朝は車の中で美希の届けてくれたおにぎりを食べ、子供たちの登校を見送って、トイレに一度家に入ったが、あとは車の中にこもっていた敷島のもとに、三笠からの電話が届いた。

〝山村さんの検査は陰性でした〟

意外な結果であった。

二度問いかける敷島に、三笠のどこまでも落ち着いた声が応じた。

〝意外なのは同感です。息子さんは熱心な介護者のようですからね。しかし、これで感染経路は

『ラカーユ』ではほぼ間違いがないということになるでしょう。息子を経由した感染ではないということになるのですから〟

「しかし一回のＰＣＲで陰性と断言するわけには……」

〝もちろんです。その点については保健所とも相談しましたが、厳重経過観察ということになりました。経過によっては再検査になります〟

言葉を交わしながらも、それが本題ではないことを、二人とも了解している。

無駄をはぶくように、三笠は続けた。

〝敷島先生は、今日このあと当院でＰＣＲ検査を受けていただき、陰性であればそのまま現場復帰です〟

思いのほかに明確な返答であった。

一瞬置いて、敷島は答える。

「現場復帰、でよいのですか？」

〝そうです。私個人の判断ではありません。院長を含めたコロナ対策本部での討議の結果です。接触者が陰性であったこと、および濃厚接触の条件に該当していないこと。この二点を考えれば、先生を隔離する理由は成立しません〟

「しかし接触者が陰性と断言できたわけではありませんし、濃厚接触ではなくても、不注意に会話したことは事実です。確実に安全だとはとても……」

〝敷島先生〟

三笠の静かな声が遮っていた。

戸惑う敷島に対して、三笠はゆっくりと語を継いだ。

〝この感染症との戦いに正解はないと言ったはずです〟

強い口調ではない。むしろゆったりと、古い物語を語って聞かせるような大らかな響きさえ含まれていた。

〝我々には「確実」も「絶対」もありません。ただできることは、「確実」を目指して力を尽くすことだけです。少なくとも、見えないウイルスの影におびえ、萎縮し、逃げ回ることではないのです〟

コロナ診療の最前線に立ってきた人物だからこそ、口にできる言葉であった。

『正解が出るまで待っている余裕もないのです』

そう告げた時の、三笠の透徹《とうてつ》した眼差《まなざ》しが、敷島には思い出された。

〝先生の言うとおり、相手が陰性であると断定はできませんが、少なくとも現在陰性である人と、屋外で数分立ち話をしただけで二週間の完全隔離を義務付けていては、スタッフは何人いても足りません〟

「ほかの先生方は納得しているのでしょうか？　私がよくても、冷静ではいられないスタッフもいるかもしれません」

廊下で自分を避けるようにして身を翻した富士や、目に恐怖を走らせた妻の姿を、敷島は鮮明に覚えている。ウイルスは肺炎だけが恐ろしいのではない。

〝おおむね了解を得ています。内科もまったく一枚岩というわけにはいきませんが、明確な反論はありません。正解がないのですから、これ以上突き詰めることに意味はないでしょう〟

三笠の声はあくまで穏やかだ。

気休めは口にせず、小さなほころびが存在することも柔らかく示してくれている。そのことがかえって敷島の心にゆとりを生む。

〝ひとつだけ、日進先生からの伝言をお伝えしましょう〟

「日進先生から？」

〝この程度のことで二週間も休めるとは思わないでね、以上です〟

三笠がそっと微笑《ほほえ》む様子が目に浮かんだ。

その向こうに、皮肉屋の浮薄《ふはく》な笑みが思い出された。

救いがたい非日常で塗り固められた景色の中に、常と変わらぬささやかな日常が垣間見《かいまみ》える。

〝聞こえましたか、先生？〟

「聞こえています、大丈夫です」

敷島は軽く目元を押さえてから答えた。

「これから病院へ向かいます」

〝気を付けて〟

電話が切れると、敷島はそのまま運転席に移動した。

移動しながら美希に電話をかける。

接触者が陰性であったこと、これから病院で自分もＰＣＲ検査を受けること、ＰＣＲが陰性であればそのまま現場に復帰すること。

〝もう復帰？〟

驚く美希に、敷島は笑って告げる。

「人使いがあらい病院なんだよ」

そんな軽口を言いながら、これから二週間は車の中で寝泊まりすることを伝えた。

状況からは敷島が感染している可能性は限りなくゼロに近いが、ゼロと断言はできない。病院の判断は病院の判断として公的な指示に従えばよいが、ひとりの父親としての行動はまた別である。根拠があろうとなかろうと、家族を守るためなら、敷島は何日でも車の中に泊まる覚悟だ。

「大丈夫。意外と星がきれいだったから、キャンプのようなものなんだ」

敷島がやんわりと告げれば、いつものように美希は多くを問わなかった。その、いつもと変わらぬ日常に意味があるということを、今の敷島は知っている。

電話を切って、セレナのエンジンをかける。

振り返りながら後部座席の鞄をつかむと、ちょうどすぐそばに、投げ出された無残な姿の『自省録』が目に入った。くたびれた『自省録』の上にはくしゃくしゃになったページの残骸がある。

しばらくそれを見つめていた敷島は、やがて手を伸ばして本を取る。無残にちぎれた数ページを丁寧に引き延ばしてから、もとの箇所に挟みなおし、鞄とともに助手席に置いた。

そうしてハンドルを握り、前を向くと、アクセルに乗せた足にゆっくりと力を込めた。

# 第三話　砦

感染症病棟に入るためには、きわめて複雑な手順の着替えを慎重に行わなければいけない。

最初に手指消毒を行い、まず使い捨てキャップをかぶる。次に顔面にしっかり密着するようにN95マスクを装着し、手袋をはめる。白いツナギのような防護服に手足を通して、密封するためのシールでしっかり止める。続けてさらに、肘近くまである長めの手袋に手を通して、最後にフェイスシールドをつければ、終了となる。

ひととおり装着が終わったところで、敷島は目の前の全身鏡を確認した。

目だけを出したずんぐりむっくりの細長い影が映っている。

上から下まで二度確認し、さらに一回転して確認。

どこかに手順の脱落がないか、何度確認してもしすぎることはない。

「大丈夫だと思いますよ、敷島先生」

背後から聞こえた声に首を巡らせると、廊下から室内を覗《のぞ》き込む病棟看護師の赤坂《あかさか》の姿が見えた。

「問題なしです。N95のシールテストだけ、もう一度確認しておいてください」

歩み寄ってきた赤坂は、敷島の周りを一巡してからOKサインを作った。

敷島がいる場所は、感染症病棟の入り口脇にある資材庫である。

病棟ステーション向かい側の病室を活用した空間で、防護服への着替えもここで行われている。ステーション内からもよく見えるため、着替えをしていた敷島に気づいて赤坂が確認にきてくれたのである。

赤坂は、一年前のクルーズ船の患者以来、コロナ診療に従事し続けている熟練のスタッフであるから、そのチェックは敷島にとって心強い。

「森山《もりやま》さんの診察ですよね。でも先生、昨日も入っていませんでしたか?」

「森山さんは、三日前まで元気だった患者だからね」

N95マスク越しにくぐもった声で敷島は応じる。

「コロナ肺炎の悪化にしても、入院してからもう十日以上も過ぎていて、タイミングが妙だ。なにか見落としているものがないか、確認しておきたい」

「朝のSpO$_2$は85パーセント程度まで下がっているって夜勤が言っていました。それでも朝ご飯は半分くらい食べています」

ありがとう、と片手を上げて敷島は歩き出した。

部屋から廊下に出れば、すぐ左手に白い扉がある。もともとはまっすぐに廊下が続いて一般病棟が広がっていた空間だが、今は、白い段ボールとプラスチックの枠組みで区切って、その向こうはレッドゾーンである。

防護服とフェイスシールドのおかげで狭くなった視野の中で、扉を引いて敷島は感染領域へと足を踏み入れる。わずかに背中から押されるような気流を感じるのは、病棟側に陰圧がかかっているからだ。

扉をくぐった先の二畳ほどの空間は、感染症病棟から出てきたスタッフが防護服を脱ぐエリアであり、大きなゴミ箱や複数の消毒薬のボトルが並んでいる。

奥に目を向ければ、まっすぐ突き当たりまで続く廊下の両側には、計十二の病室がある。病棟の景色そのものは、もう十年近くこの病院に勤めている敷島にとっては見慣れた景色だが、廊下のそこかしこに置かれた汚染マークのついたゴミ箱と、そこを行きかう白い防護服の人影は、何度見ても見慣れるものではない。

「お疲れ様です、先生」

そう言いながら通り過ぎて行ったスタッフも、防護服のおかげで誰かはわからない。

敷島はゆっくりと廊下を歩き出した。

一月二十三日の土曜日である。

拡張に拡張を重ね、一月十五日の時点で最大三十六人まで収容できるようになった感染症病棟は、十九日に三十二人を収容したのちわずかに減少し、現在は二十八人である。正月明けの感染爆発、それに続く高齢者施設や医療機関のクラスターなどで、異様な空気に包まれていた一月であったが、ここにきて、わずかながら、事態の改善が見え始めたと言える。

もっとも、本来は六床を予定していた感染症病棟であったから、三十六床を維持し続けている今の状態が、異常事態であることに変わりはない。

「武井《たけい》さん、ダメですよ、勝手に歩いたら！」

ふいに大きな声が聞こえて、敷島は視線を巡らせた。

病棟トイレの前で、点滴のチューブを引き抜いて座り込んでいる認知症の老人が見えた。チューブ内を逆流した血液が廊下に赤い道筋を作っており、防護服姿の看護師が慌てて駆け寄っていく。

トイレの脇に座り込んだ老人、真っ白な廊下を彩る鮮血の斑点、駆け寄る白い防護服、ひとつひとつが不気味なほど現実感が欠落しているが、まぎれもなく眼前の事実である。

〝よく、持ちこたえている……〟

患者の話ではない。

看護師たちが、である。

想定外に拡張された感染症病棟には、ピーク時よりはいくらか減ったとはいえ、相変わらず新規の感染者が運び込まれてくる。入院してくる者、退院していく者、改善してホテルへ移動する者もあれば、ホテルで悪化して入院になってくる者もあり、入院中に重症化して筑摩野中央医療センターに搬送となる者もある。

その目まぐるしい患者移動の隙間を縫うように、高齢患者の介護まで行わなければならない。軽症であれば徘徊《はいかい》する、中等症では点滴や酸素をつけても勝手にはずしてしまう。重症化した場合も、高齢者では転院ではなく看取りの方針になることもある。

一週間ほど前の話だが、一日で四人が退院し、二人がホテルに移動し、二人が転院搬送となり、十人の新規陽性者が入院したという日があった。夜の病棟で、燃え尽きたように悄然《しょうぜん》と座り込んでいた看護師たちを、敷島は目にしている。

〝いつトラブルが起こってもおかしくない〟

敷島は胸の内でため息をつきながら廊下を歩き、目的の病室の扉を開けた。

中には四つのベッドがあり、三人の患者が横たわっている。

三人ともリザーバーという大きな袋付きの酸素マスクをつけており、全員が認知症の高齢者である。

敷島は右手前のベッドに横たわった皺《しわ》だらけの女性に歩み寄った。

「森山さん」

敷島の声に、マスクの下の八十二歳の患者は反応がない。

声を大きくしてもう一度呼びかけたところで患者がゆっくりと目を開いた。ぼんやりとさまよっていた視線は、段々はっきりとした光を持つようになり、やがて防護服姿の敷島の目を見て、小さく笑う。こんにちは、と敷島が告げると、「こんにちは」と意外にしっかりした声が応じてきた。痩せた手を持ち上げて、ひらひらと振ってくれる。

一月の一か月間だけで、四か所の高齢者施設でクラスターが発生していた。森山八千代《やちよ》は、その一か所の施設『光と雪の森』の利用者であった。入居者ではなかったが、デイサービスで週三回、通所していたのである。『光と雪の森』はもともと小さな介護施設であり、『ラカーユ』ほど大規模なクラスターにはなっていないものの、感染者の数は少なくない。

クラスターは、入居者や職員だけでなく、デイサービス利用者、ショートステイ利用者、そしてその家族に至るまで、寒気がするような規模で広がっている。

「調子はどうですか？」と敷島が問えば、笑顔でうなずく。短い会話であれば問題なく通じる。

森山はもともと、手すりにつかまってゆっくり歩くことができ、食事も自分で食べられる患者であった。入院時には片肺に肺炎があったことから、アビガン、デカドロンも使用し、いったん解熱したのだが、入院十日が過ぎたあたりから、発熱もないのに、じわじわと酸素濃度が下がってきていた。

「森山さん、苦しそうな様子はありませんよ。ご本人は笑顔を見せてくれます」

背後から聞こえた声は、ちょうど病室に入ってきた看護師のものだ。相変わらず防護服姿で誰かわかりにくいが、小柄な背格好と歯切れの良い口調から、中堅の水澤《みずさわ》看護師だとわかる。

「ただ、SpO$_2$が90パーセントに届かないので、朝から酸素８Ｌです」

人工呼吸器を使用せずに酸素を流すとすれば、リザーバーマスクを使って10～12Ｌというのが上限だ。８Ｌというのは、そろそろあとがないということである。

敷島は、にこにこと笑っている森山の腹部を触り、下肢を確認する。入院時には認められなかった若干のむくみがある。胸の聴診をしたいが、防護服を着ていては聴診器を当てることも容易ではない。

〝難しい判断だ〟

敷島は胸中で嘆息する。

コロナ感染症の治療が難しいのではない。コロナに対してはアビガンやステロイドなど、なすべき治療はおおよそ決まっている。難しいのは、コロナによって呼吸状態が悪化しているのか、その他の病態が隠れているのかを見極めることだ。

肺炎ではなく、心不全ではないか……。

長らく地域医療を支えてきた敷島の直感がそう囁《ささや》いている。

今朝の採血検査とレントゲンは決め手に欠ける結果であり、ＣＴが確認できればかなり病態がはっきりするのだが、寝たきりで酸素８Ｌが流れたコロナ患者のＣＴを撮るのは、尋常な労力ではない。

だからこそ敷島は、ここ数日病棟内へ足を運んでいるのである。

「森山さん、見た目は大きくは変わっていませんけど、少しずつ元気がなくなってきてる気がします」

水澤が続けた。

「二、三日前までは、隣のベッドの人の心配とかしてくれていましたけど、最近はあまり言葉も出てきません」

水澤の言葉にうなずきつつ、敷島は病室内に視線を巡らす。

四つのベッドのうちの三つが寝たきり患者で埋まっている。一つが空いているのは、昨日までそこにいた患者が退院したからだ。正面玄関からの元気な退院ではない。裏口からの死亡退院である。

信濃山病院における、三人目の死者であった。

いずれも、一月初旬からなかばにかけて発生した高齢者施設のクラスターに関連する患者たちだ。一月二十日に最初の死亡者が出てから、わずか三日でさらに二名が亡くなっている。

コロナで死亡した患者の退院は、独特の陰鬱な空気に包まれる。

感染者は、たとえ遺体になっても感染源になりうるため、取り扱いには厳重な注意が必要となる。遺体は、専用の巨大なごみ袋のような黒い袋に詰められ、外側からテープで厳重に目張りされ、白いシーツに包まれてから搬出される。霊安室では、葬儀業者の用意した棺《ひつぎ》に移されたあと、棺の外側からさらにテープで頑丈に目張りされる。作業が終われば、そのまま業者の手で直接焼き場に運ばれて骨となる。一連の手順の中で、死者の顔を見ることはできないし、家族の付き添いや迎えもない。家族もまた、その多くが感染者であったり濃厚接触者であるため、来院することさえできないのである。

人ひとりが亡くなるという大切な出来事であるのに、驚くほど無機的で、荒涼とした景色になる。

「あんまり、亡くなる人が増えてほしくないですね」

水澤の言葉は、裏を返せばほかにもまだ亡くなりそうな人がいるという厳しい現実を示している。

向かい側のベッドでは、酸素10Ｌが流れて、今にも止まりそうな呼吸をしている高齢者がいる。森山の隣のベッドの患者も酸素６Ｌである。患者の名は山村静江といい、敷島が普段から高圧で診察している山村富雄の母親であった。濃厚接触者であった息子は、幸いその後も発症せずに経過したが、母親の方は徐々に呼吸状態が悪化してきている。

敷島は、病室内を見渡してから、森山に視線を戻した。

「フロセミドを０・５アンプル静注。引き続き一日尿量と浮腫《ふしゅ》に気を付けてフォローしよう。病態がコロナ肺炎だけだと思い込んでいると足をすくわれる。何かあったらまた連絡してくれ」

敷島の言葉に、水澤は大きくうなずき返した。

敷島は酸素の流れる音だけが響く室内をもう一度見回したあと、黙って病室をあとにした。


昼間だというのに空は薄暗く、強まった風の中を雪が舞い始めていた。

ときおり低いうなり声を上げるように強い風が吹き抜けていく。

敷島は、昼食のサンドイッチをくわえたまま、愛車のセレナのエンジンをかけた。白い車体が震えるように振動し、一拍置いてから車内ラジオが流れ始める。

敷島は買ってきたばかりの缶コーヒーを手に取って、かじかむ手を温めた。

勤務中の昼食を、車の中で摂《と》るようになって四日が過ぎていた。

コロナ陽性が出た山村静江の息子と不用意に会話をした二日後、敷島はＰＣＲ陰性を確認して現場に復帰したが、感染対策には、以前にもまして細心の注意を払っている。

家に帰ってもトイレを使うだけで、食事も睡眠も車の中だ。病院では絶対にマスクをはずさず、感染症病棟以外でも常時フェイスシールドを装着している。そこまで必要か問われれば、正直なところ敷島にもわからない。しかし医師の中にも富士のように、敷島の現場復帰に恐怖感を示している者がいることも事実だ。昼食も、洗い物を減らすために妻の美希の弁当をやめ、売店のサンドイッチを買い、医局ではなく車内で食べるようにしている。

昼間とはいえ、真冬の信州の車内はずいぶん冷える。息が白くなるときは、エンジンをかけざるを得ない。

缶コーヒーに口をつけた敷島の耳に、ラジオのニュースが聞こえてきた。

『コロナの総死者数五〇〇〇人を突破』

そんなニュースが聞こえてくる。

ここ連日、全国での一日の死者数が百人前後で推移している。昨日は百五人、そのうちの二人が信濃山病院の患者である。

あと何人そこに加わるか……。

敷島は暗い想念にとらわれながらサンドイッチをかじる。

現在、酸素投与中の高齢患者は十人を超える。そのうち何人が助かるのか、敷島にもわからない。おそらく半数は助からない。新規感染者数はようやくピークを越えて減少に転じ始めているが、死者のピークは一、二週間遅れてやってくる。つまり、悲惨な空気はこれからやってくる。覚悟を決め、診療に集中しなければいけないことを理屈では理解していながら、しかし敷島の心は不快な浮遊感の中にある。恐ろしい事態を想定していながら、そこに奇妙なほど現実感が伴ってこない。

――それだけ今の事態が異様だということか……。

敷島は重い思考をめぐらせていく。

コロナ診療は一般診療とは根本的に違う。単に多忙だというだけではない。ここでは医療の本質であるはずの人と人とのつながりが極度に希薄であり、そのことが現実感の欠如につながっている。

医師とコロナ患者との会話は原則モニター越しであり、直接診察する機会は限られている。会話の時間も少なく、患者の身体に触れることもなく治療方針が決められていく。外来患者だけでなく入院患者でも同じだ。軽症患者は、わずかにｉＰａｄで会話するだけ。悪化している患者であっても、看護師の入力する検温表と装着された心電図と酸素モニターが情報の大半を占め、直接患者と会話をしたり、診察したりする機会はきわめて少ない。ほとんど接点のないまま、患者が目の前に現れ、いつのまにか通り過ぎていく。看護師も、医師よりはるかに患者のそばに足を運んでいるとはいえ、防護服越しという特殊な条件が、相手に寄り添うことを難しくしていることは事実だ。

現場には、どれほど懸命に動いても人とつながっているという感覚を生まない乾いた虚無感がある。機械のように次々と患者を受け入れ、送り出していく現場で、自分たちが何をやっているのかわからなくなり、医師も看護師もゆっくりと大切な何かを失っていくのである。

〝一般診療を一時的に停止するべきじゃありませんか?〟

今朝のカンファレンスで、肝臓内科の日進が告げた言葉が耳に残っていた。

内科外科の医師たちの注目を集める中で、日進がいつになく踏み込んだ発言を続けた。

「感染症病棟のスタッフは明らかに疲弊していますよ。誰が誰だかわからないまま通り過ぎていく患者、大量の高齢者の介助、想定外のコロナ患者の看取り、そして必死にがんばっても終わりの見えない果てしない業務……。僕だって、嫌気がさしてきているんです。せめて一般診療を制限して、人員を感染症病棟に振り分け、少しでも休息が取れる体制を作るっていうのはいけませんかねぇ」

コロナ患者の受け入れに一番反対していた日進が、一般診療を停止してコロナ診療に集中することを提案するというのは、いかにも彼らしい皮肉な展開と言える。しかしそれだけ状況が逼迫《ひっぱく》しているということでもある。

実際、すでに現場では、激務と重圧の中で、体調を崩す看護師も出始めている。

「しかし、停止といっても容易ではない」

答えたのは、循環器内科の富士であった。

沈黙の長老が、しわがれた声で続けた。

「この地域には、慢性の心不全や誤嚥《ごえん》性肺炎で入退院を繰り返している患者が多い。一般診療を止めるということは、そういった患者たちの入院を断るということだ。影響は小さなものではない」

「私も富士先生に同意します」

神経内科の春日が黒縁眼鏡《めがね》を持ち上げながら発言する。

「私の往診患者には、肺炎を繰り返す人や、人工呼吸器のついている人もいます。いつでも入院が可能であるからこそできる診療です。入院を停止にされては、多くの患者さんに不安と混乱を招きます」

富士と春日の意見に、敷島も基本的には賛成せざるを得ない。

敷島自身も外来に多くの癌《がん》患者を抱えている。長い期間見守ってきた患者を、終末期の最後の段階になって、別の病院へ送り込むというのは、医師として極力避けたいという思いがある。

「まあ、それはその通りですけどねぇ」

日進は太い顎を撫《な》でて、うそぶいている。

富士や春日の発言くらいは、日進も予想していたことであろう。それでも言わなければならない切迫感がコロナ診療の現場にあるということだ。

「ここ数日間の話ですが」と三笠が口を開いた。

「新規の感染者数がようやく低下してきています」

三笠が一同をゆっくりと見回す。

「連日十人以上の陽性者が出ていた先週に比べれば、今週は一桁で推移しています。感染者の減少が、ただちに入院環境の負担を改善させるわけではありませんが、今少し持ちこたえられれば、状況が改善することは確かです。院長とも日々相談していますが、多くの患者がいる一般診療も支えるのが、我々の責務だと判断します」

三笠の声は淡々としている。

むしろ静かすぎるほどだ。

本当は、言いたいことが山ほどあるだろう。懸念もあるし、苛立《いらだ》ちもある。けれどもそれらをすべて押し鎮めて、責任のすべてを背負っている静けさだ。

「持ちこたえられれば、か……」

背後に座っていた千歳のかすかな独語が、敷島の耳に残っていた。

ふいに大きな風が吹き抜けて、セレナの車体を震わせていった。

敷島は手元の小さなサンドイッチを見つめたまま、思索に沈む。

三笠の言うとおり、コロナ患者の発生数はようやく減少の気配を見せてきている。それ自体は希望である。しかし、これも三笠の言う通りだが、外来が減少したからといって、病棟の業務がすぐに軽減されるわけではない。入院患者が減少してくるには、一週間以上のタイムラグがある。

そして何よりも、死者のピークはさらに遅れてやってくる。

先にも述べたように、感染症病棟では、看取りも一般医療とは大きく違う。家族から切り離された孤独な死者を、黒い袋に詰めて送り出していくという行為は、また新たな負担を現場に強いることになる。

「持ちこたえられれば、か……」

奇《く》しくも千歳と同じ言葉をつぶやきながら、敷島はサンドイッチを口に運んだ。

車内ラジオはいつのまにかショッピングのコーナーに変わっている。

にわかに雪を含んだ強い風が吹き抜けて、低く重たい響きを残していった。


夜七時、静まり返った感染症病棟のステーションで、敷島は電子カルテの前に座っていた。ちょうど夜勤の看護師は、感染エリアに入っているのか、ステーション内に人影はない。先ほどまで電子カルテを入力していた循環器の富士も、黙礼とともにステーションを出て行ったから、今は敷島だけである。

壁際にずらりと並んだ心電図モニターが、様々な患者の波形を映し出している。モニター管理がいらないのではないかと思うような良好な波形から、いかにも危険な印象の不安定な波形まで、様々だ。

敷島は、ＰＨＳを取り上げ、電子カルテ上の森山八千代の娘の電話番号を確認して発信ボタンを押した。

二度コールが鳴っただけで、すぐに不安そうな女性の声が応じた。

横浜に住む娘には、三日前にも一度電話し、酸素状態が徐々に悪化していることを説明していたから、先方も、着信に気づくと同時に、明るいニュースではないことを理解したのであろう。

〝やっぱり、母はダメなんでしょうか？〟

震えを帯びたそんな声が聞こえてきた。

敷島は三日前と同じように、順を追って病状を説明する。

コロナウイルス感染症で入院になり、アビガンとデカドロンの投与で一度は、落ち着いたこと。しかしその後徐々に呼吸状態が悪化していること。今朝は食事を摂ったが、昼はあまり食べられず、夜はまったく食べられなかったこと。このままの状態が続けば、今後数日で急変してくるかもしれないということ。

説明の間にも、電話の向こうからかすかな嗚咽《おえつ》が聞こえてくる。

「心不全を考慮して、午前中に利尿剤を使用しましたが、酸素状態はゆっくりと悪化しています。つい先ほど、酸素投与量は10Ｌに達しました」

おおよそマスクで投与できる酸素量の上限に達したということだ。

〝母はとても元気だったんです……〟

涙声が聞こえてきた。

〝もちろんいくらかの認知症はありましたけど、半年前に帰省したときは、元気に話ができたんです。一か月前だって、電話で話をしたんです。なにが起きてるのか、全然わかりません……、母が本当にコロナだなんて……〟

三日前にも聞いた言葉である。

〝本当に母に会えなくなるかもしれないんですか……〟

「そうです。次の連絡が、亡くなったという内容になる可能性もあります」

返事はなく、再び嗚咽《おえつ》だけが返ってきた。

悲惨な現実がある。

森山八千代は、徐々に状態が悪化しているが、今は会話が可能である。本来ならできるだけ家族とともに時間を過ごしてもらうべき時期だ。にもかかわらず、家族は誰も面会できない。

夫は、感染者にはなっていないが、濃厚接触者であるため、二週間は自宅待機が原則であり、面会どころか病院内に入れない。娘は緊急事態宣言の対象地域のひとつである横浜在住である。現時点では、その地域からの来院者も、院内には入れない。いずれも院内感染を防ぐための、必要な処置だ。

つまり、家族がもう少しで旅立とうというこの時期に、夫も娘も付き添うことができず、顔すら見ることもかなわない。

当たり前だと思っていた日常を、突然破壊し、命を奪い去り、別れの時間さえ与えないのが、コロナウイルス感染症である。

これは病気というより通り魔に近いのかもしれない……。

敷島は奇妙なイメージを思い浮かべる。町のそこら中に大きな出刃包丁を持った黒い人影が往来している。通り魔は偶然そばを通りかかった高齢者の腹にするりと包丁を刺しこむ。刺された方は「え?」という不思議そうな顔をしたままアスファルトの地面に倒れる。そうしてあっというまに、生者は死者の世界へ旅立っていく。別れの言葉を交わすことさえかなわない。

〝父にも、先生からお話をしていただけますでしょうか?〟

「今日の夕方に、一度電話をしておきました。同じ内容を説明してあります」

〝父も私も、やっぱり母には会えないんでしょうか?〟

「申し訳ありません。今の院内に、お二人とも入れることはできません。一度でも院内感染を起こせば、多数の死者を出すことになります」

これも何度も繰り返してきた説明だ。

さらに二言三言、同じような遣《や》り取《と》りを繰り返してのち、〝よろしくお願いします〟という痛ましい声とともに電話は切れた。

敷島は椅子の背もたれに身を預け、しばし放心する。わずか五分の電話が、強烈な疲労感をもたらしている。森山の娘の抱える、悲哀、孤独感、苛立ち、憤りといった、様々な感情が、放り出したPHSから今もなお黒い霧となってあふれ出しているかのようだ。その重たい空気を振り払うように、敷島はPHSをポケットに放り込み、立ち上がって歩き出す。

病棟ステーションを出て、薄暗い廊下を医局へ向けて歩いていく。

途中、図書室で黙々と文献を調べている外科の千歳を見かけた。廊下の隅で、自動販売機を見上げている糖尿病内科の音羽がいた。先ほど病棟では富士を見かけたばかりである。目にするのは内科と外科の医師ばかりだ。他の科の医師たちは、コロナ感染拡大を受けて患者が減り、むしろ仕事がなくなって、早々に夕方には帰っていく。残っているのはコロナ診療に携わる医師たちばかりかもしれない。

くたびれた心持ちのまま医局に戻ってきた敷島は、静かな医局の隅に、またひとり内科の医師を見つけた。

医局のカルテ端末の前に、内科部長の三笠の姿があった。

「遅くまでお疲れ様ですね、敷島先生」

医局に入ってきた敷島を、三笠の落ち着いた声が迎えた。

挨拶を返しつつも、敷島が戸惑いを覚えたのは、三笠の座る端末の横に大量の書類の束が積み上げられていたからだ。無造作に重ねられたそれらは、少なく見積もっても厚さ二十センチは超えるであろう。

コロナ診療の陣頭指揮に当たる三笠のもとには、日々大量の書類が届けられる。発熱外来の受診者数、陽性者数、入院患者の重症度、療養ホテルの余力、近隣病院の受け入れ態勢。それらにくわえて、コロナに関する最新の論文を読み、重要なものはプリントアウトしてその書類の束に加えているのだ。もともと腎臓《じんぞう》内科が専門の三笠にとって、コロナ感染症は完全に専門外である。感染対策から患者の振り分け基準、最新の治療など、すべて一から積み上げて対応している。以前はもう少し小さな束で、小脇に抱えられる程度であったが、時とともに分量は増え、最近は常時肩掛け鞄《かばん》に入れて持ち歩くようになっていた。

いわばその書類の山は、三笠の苦労の足跡だと言ってよい。

敷島は、隣の端末前に腰を下ろしながら、口を開いた。

「すごい量ですね、ほとんど論文ですか？」

「そんなことはありません。半分以上、事務仕事の書類です。あとは、色々な学会が随時発行しているガイドラインやフローチャート、それから厚労省からの通達などです。いちいちプリントアウトしていると、紙の量だけでこんなことになってしまいます」

三笠はあくまで穏やかに答えながら、案ずるように敷島に目を向ける。

「疲れた顔をしていますね。今も車の中で寝ているのですか？」

「今日で四日目になります」

「疲れが取れないでしょう」

「熟睡できるわけではありませんが、家族を感染リスクにさらすほうが、もっと眠れません。わずか二週間我慢をすれば済む話です」

「相手が目に見えない以上、できることに力を尽くすしかありませんからね」

一番力を尽くしている人物が言うからこそ、説得力があるというものだろう。三笠は年末からまともに休んでいないはずである。

「今日の陽性者も多いのですか？」

「今日は五名。うち三名はホテルに行けました。二人が中等症で入院です」

書類に視線を走らせながら、三笠が答える。

わずか一週間前には、一日に二十人近い陽性者が出た日があったことを思えば、事態はわずかずつでも好転しているといえる。

「外来は先週より落ち着いているとはいえ、病棟の方はむしろこれからといったところですね。先生のところにも亡くなりそうな患者がいましたね」

「私だけではありません。音羽先生や千歳先生が診ている患者の中にも状態が悪化している人がいます」

三笠は小さくうなずいただけだ。

それは大変だ、とか、なんとか助かってほしい、といった平易な感想はもう十分に述べてきた。

「感染症病棟の死亡は悲惨です。家族が付き添うこともできず、葬儀すらまともにできません」

その言葉に、三笠は手を止めて、敷島をかえりみた。

「三日前に龍田先生が看取った患者は、特にひどい経過でした」

「いきなり遺骨が届いた娘さんの話ですね」

三笠も耳にしているのだろう、ゆっくりとうなずいた。

龍田が看取った患者は、八十歳の男性である。娘と二人暮らしをしていたが、親子二人ともが感染した。娘の方は幸い軽症でホテル療養になったのだが、その間に、入院となった父親の方は急速に呼吸不全に陥った。

父親の状態が悪化しても娘自身も感染しているため、ホテルから出てくることもできない。そうこうしているうちに父親は死亡し、後日ようやくホテル療養から解放された娘が目にしたのはすでに遺骨になった父であった。ホテルから自宅に帰ってきたばかりの娘に、近所の知人が預かっていた骨壺《こつつぼ》を届けに来たのである。わずか二週間前まで穏やかな日常を送っていた父と子の別れが、それであった。

逆境においても陽気さを失わない龍田が、一言も口を利かず医局のソファに座って天井を睨《にら》みつけていた様子を、敷島も目にしている。

「『死』は別れです」

三笠がゆっくりと口を開いた。

「人と人とが二度と会うことができなくなる最後の時に、誰もが切り離され、孤立してしまっている」

三笠は、キーボードの前で組んだ大きな自分の手を見つめていた。

「哀《かな》しいことですね」

短い言葉が医局の天井に溶けていく。

敷島の耳の奥では、電話の向こうで涙を流していた娘の声が、残響のように残っている。

「スタッフの中には、不眠症で眠れなくなっている者も出ています。先生も気を付けて」

三笠の言葉に、敷島は黙ってうなずき返した。

ちょうどそのタイミングで、「お疲れ様です」とふいに張りのある声が飛び込んできて、敷島と三笠は首を巡らせた。

「遅くまで大変ですね、先生方」

そんなことを言いながら入ってきたのは、白衣の人影ではなくスーツ姿の長身の男性である。医療情報部を管理する情報部長の千早《ちはや》であった。

「千早さんが、医局に来るなんて、珍しいですね」

敷島の言葉に、千早は小脇に挟んでいたものを見せた。

「頼まれていたものが届いたので、設置にきたんですよ」

医局中央の机に千早が置いた白い物体は、敷島も見慣れた物であった。

「ｉＰａｄ？」

笑ってうなずいた千早が、三台のｉＰａｄを卓上に並べていく。もう二十年以上、信濃山病院の医療情報部に携わっている千早は、敷島より年配のはずだが、飄々《ひょうひょう》とした振る舞いのせいもあって、青年のような雰囲気を持っている。

「医局内は、Ｗｉ‐Ｆｉ環境が整っていますからね、あとは初期設定だけです。設定が終われば、ここからでも感染症病棟内と会話できるようになります」

「ここから病棟内の患者さんと？」

「私がお願いしたんですよ」

戸惑う敷島に、三笠が解説を加えた。

「感染症病棟の若い患者の診察はほとんどｉＰａｄを用いたオンラインです。だとすれば医局にｉＰａｄを設置すれば、病棟のスタッフステーションまで足を運ばず、ここでも診療ができるようになる。大きな負荷のかかっているコロナ診療チームの負担を、少しでも軽減するための方策です」

「そう聞いて準備を急いでいたんですが、iPad自体がかつてないほど品薄でしてね」

千早が口を挟んだ。

「台数を確保するのに時間がかかっちゃいました。すみません」

コロナウイルスの影響で世の中では、様々な業種のオンライン化が進んでいる。医療に限ったことではない。むしろ、完全なオンライン化の難しい医療よりも、はるかに急速に進んでいる業種があり、その影響でiPadの需要が急増して品薄状態が続いているのだと言う。

「感染症病棟に隣接する病棟ステーションも、感染リスクがゼロだとは言えません。至る所にiPadを設置して医師の移動を減らせば、それ自体が感染対策にもなるでしょう。皆が疲れてきているときだからこそ、より一層、手を尽くしておかなければいけません」

三笠の目は冷静である。

これほど未知の境遇に追い込まれていても、基本的な視点はぶれていない。

信濃山病院のコロナ診療を、崩壊させず、維持し、患者を受け入れ続けること。三笠の目はその一点を見つめ続けている。

三笠の改革は、オンライン化の推進だけではない。コロナ診療が始まった初期には、陰圧装置のない病室に応急の換気扇を設置し、大量の扇風機を並べて強引に気流を作りだした時期もあった。県内のどこにも届いていなかったアビガンを、いち早く手配し治療体制を整えたのも三笠であったし、国内に稀少《きしょう》なレムデシビルを調達してきたのも三笠であった。

穏やかな態度でありながら、ときに強固な意志を示し、譲るべき事柄と譲るべきでない事柄を黙々と切り分けて診療体制の刷新を続けている。すでに五十代後半という年齢でありながら、柔軟さを失わない三笠という人物の凄《すご》みを、敷島は改めて感じざるを得ない。

「だいたいの設定は終わりましたよ」

千早の声に敷島は顔を上げた。

医局の隅の机の上に、白いｉＰａｄが三台並んでいる。

「これで病棟のオンライン診療もここで可能です」

三笠はいつもの穏やかな笑みとともにうなずく。

「私が頼んでおきながら言うのも妙ですが、この調子でいくと、いずれ病院に出勤しなくても診療ができる時代になるかもしれませんね」

「やろうと思えば今からでもできますよ」

千早が白い空き箱を片づけながら笑う。

「端末さえあれば、どこの患者とだって繫《つな》げられるんですから」

「理屈はそうでしょうが、実際にやろうと思えば、我々のような素人《しろうと》にとっては煩雑《はんざつ》な手順がたくさんあります。環境を整えてくれる千早さんたちのような存在は貴重ですよ」

「助力が必要なら、いつでも言ってください」

いつになく明るい言葉の往来を聞きながら、敷島はふいに心の中で瞬《またた》いたかすかなアイデアの光に気を取られていた。

敷島はつかの間考えこみ、それから口を開いた。

「千早さん」

寡黙な敷島の突然の呼びかけに、千早は不思議そうに振り返った。

「端末さえあれば、どことでも繋げられるんですよね？」

「もちろんですよ。国外と繋ぐとなると、ちょっと厄介ですが、日本語が通じる場所なら、どことでも繋いでみせます」

笑顔の千早に、敷島は浮かんだアイデアを率直に語った。


オンライン面会、というシステムは信濃山病院にも存在する。

コロナ感染が拡大するに伴って、一般病棟も全面的に面会禁止になっている。しかし顔が見えないという状況は不安のもとであり、患者やその家族の不安は医療そのものの遂行に支障をきたすため、病院の入り口に設けた面会室から備え付けのｉＰａｄを使用して入院している患者と会話できるシステムが構築されている。

ただ、この場合は、入院患者が一般病棟の患者であることと、面会者が病院の面会室に入れることが最低条件だ。

その意味で、敷島が千早に依頼したのは、はるかに特殊な条件であった。

すなわち、感染症病棟に入院している寝たきりの森山八千代と、自宅待機のまま身動きできない夫と、横浜にいる娘の三者を同時に繋ぐということ。

敷島にはどうやって実行してよいかもわからぬその提案を、千早はわずか二日で手配した。

横浜の娘には電話で、スマートフォンを使用した接続方法と面会時間を指示する。五十代の娘は、機械の操作が苦手で、思いの外に時間がかかったようだが、最終的にクリアした。

自宅待機中の夫の方は、iPadもスマートフォンも持っていないことが大きな難関だったが、これについては、自家用車で発熱外来に来てもらって、オンライン診療用のiPadを渡して解決した。夫は院内には入れないが、車で駐車場まで来ることは問題ない。そこで防護服を着用した看護師が操作方法を指示した。

そして、入院中の森山については、その日の担当看護師にiPadを持たせて顔を映すように手配した。

敷島自身は発熱外来の診察ブースを使い、iPad上に四人が同時に映し出されるオンライン面会を実行したのである。

感染症病棟のベッドにいる森山と、病院駐車場の車内にいる夫と、横浜のマンションの娘が画面の中で声を掛け合い、笑い合う光景を、発熱外来にいる敷島は静かに見守った。

森山は画面越しであっても、夫と娘の顔がわかるようで、普段は見せないほどはっきりとした笑顔を浮かべた。急に森山の画面が暗くなったのは、森山の手がiPadを触って離さないからだと説明する看護師の声が聞こえ、家族の温かな笑い声が回線にあふれた。

わずか五分の面会に、娘も夫も涙をこぼし、感情の起伏が乏しくなっていた敷島でさえ心が揺らいだほどであった。

〝本当にありがとうございました〟

最後まで画面に残っていた娘が、涙をハンカチで拭きながら何度も深く頭を下げた様子が印象的であった。

「いい仕事をしましたね」

面会が終わった直後に、千早が口にした言葉だ。

準備だけでなく面会中のトラブルに備えて、ずっと千早は待機していたのである。敷島は、しばらく真っ暗になった画面を見つめていたが、大きく息をついてから、背後を振り返った。

「ありがとうございました。千早さんのおかげです」

「私は言われた通りの準備をしただけです、発案は先生です」

「それでも私一人では、横浜の娘さんを画面に呼び出すことさえできませんでした」

「私は機械屋ですからね、先生が思っているほどたいしたことはしていないんです。娘さんの不器用さには、ちょっと驚きましたがね」

千早の笑い声は軽やかだ。

コロナ診療の最前線から少し離れているという立場もあるのだろう。それでも明るい声は、不思議と聞く者の心まで穏やかにする。

「しかしこの忙しいときに、勝手な私のお願いに対して、ずいぶん時間を作ってくれました。本当に感謝しています」

敷島のあくまでも丁重な態度に、千早はふと何かに気が付いたように明るい表情を抑えた。敷島が発案した四者を繋ぐオンライン面会については、誰もが賛成してくれたわけではない。院内にはむしろ反対の意見も多かった。千早の耳にもそれは届いているのである。

多忙なコロナ診療の中で、一人の患者に大きな労力を割くのは正しい医療の在り方ではないというその主旨に、敷島も異論はない。

この五分のオンライン面会だけでも、主治医である敷島のほか、情報部の千早、発熱外来の看護師、感染症病棟の看護師と四人もの人員がかなりの時間、待機していなければいけない。看護師はもとより医師の間にも、反対意見が複数あった。

神経内科の春日は、

「患者側に、これが常識的な対応だと思われては困ります。特例だということを重ねて伝えてください」

会議の場で、何度もそう繰り返していた。

同じような要望が、ほかの患者家族から出てきたとしても、とても対応できないということである。今の現場では、人も物も時間も、あらゆる条件が不足している。当然の意見だ。

医師の中では、日進は面白そうに眺めているだけで意見を口にしなかった。千歳は「家族は喜ぶでしょう」と肯定的な意見を述べたが、長老の富士は春日寄りであった。しわがれた声で、

「私にはとてもできないことだし、今後もやろうとは思わない」

そんな反応に対して、

「今回は、あくまで試験運用です」

敷島は、その言葉を強調した。

遠隔地を複数繫いだオンライン面会が実際に可能なのか検証するための『試験運用』。それが敷島のつくった突破口であった。

もちろん、その程度の小細工で反論がすべて沈黙したわけではない。『試験運用』が認められたあとでさえ、主治医の自己満足だという厳しい意見も耳に届いており、敷島自身その通りかもしれないという思いがある。

それでも批判を聞き流してまで実行した自分の真意はどこにあるのだろうか。例によって正解は見えない。

「いいんじゃないですか、先生」

まるで独り言のような千早の声が降ってきた。

見上げれば、千早は窓の外に並ぶ発熱外来の車を見つめている。

「世の中にはいろんな意見があるもんです。ただね……」

ちょっと言葉を切った千早の頰には、飄然《ひょうぜん》たる笑みがある。

「私は楽しかったですよ」

それだけ告げると、千早は黙礼して背を向けた。

往来する看護師たちの向こうに千早が消えていくのと同時に、発熱外来の喧騒《けんそう》が戻ってくる。

大きな仕事が終わったからといって、思索にふけっている暇はない。すでに感染担当看護師の四藤が新患のファイルをもって、敷島のもとに歩み寄ってくる。

　敷島は、千早の出ていった廊下に向かってそっと頭を下げてから、すぐに椅子から立ち上がった。


　一月二十六日、敷島の姿は、筑摩野中央医療センターにあった。

　新たに入院した患者の呼吸状態が悪化したために、搬送が必要になったのだ。

　敷島が医療センターに来るのは、一月七日以来の約二十日ぶりである。久しぶりと言えなくもないが、一月だけで三人目の搬送だ。もちろん敷島以外の医師も患者を搬送しているから、運び込まれている患者の数はもっと多い。医療センターの感染症ベッド数は八床と聞いていたが、とうに上限は超えているようであった。

「よ、久しぶり」

　防護服を脱いだばかりの敷島に、ステーションから出てきた朝日が顔を見せた。前回は会えないほど多忙であったことを思えば、こうして顔を見て話ができるだけでも、前向きな気持ちになる。

「またお世話になります、朝日先生」

「今回はまただいぶ状態の悪そうな患者だな」

「基礎疾患に関節リウマチがあって、普段からプレドニンと免疫抑制剤を飲んでいる患者です。

アビガンもデカドロンも入っていますが、昨日から酸素状態が悪化しています」

「相変わらず厄介なのを運んでくるじゃないか。高くつくぞ」

軽やかな口調に嫌味な響きはまったくない。

そのままスタッフステーションの前を通り過ぎ、廊下の奥にある休憩室へと敷島を導いていく。

「しかし、これだけ忙しいんだ。毎回患者の搬送に、医者が付き添わなくてもいいんじゃないか？感染のリスクもあるし、酸素が必要とはいえ、搬送中に急変するような患者じゃないだろう」

「我々としてもそれは説明しているのですが、消防局からの要請です。ドクターなしでの患者搬送は無理だと」

「なるほどねぇ」

通りすがりに廊下から見えるステーションの奥では、やはり看護師たちが忙しそうに往来している。ガラス越しに見えるＩＣＵでも、人工呼吸器が一台作動しているようだ。

そのまま休憩室に入った朝日が肩越しに振り返った。

「お茶にする？　コーヒーにする？」

「大丈夫ですか？　入院患者が減っているようには見えませんが」

「減ってはいないさ。けれど、県内最大の三十六床を動かしている信濃山の先生が来てくれたんだ。コーヒーの一杯も出してやろうという気になるよ」

朝日は、休憩室の奥にある自動販売機で、缶コーヒーを二つ買って、一本を敷島に差し出した。

それから敷島に椅子を勧めて、自分もソファに腰を下ろす。

「いつもご苦労さん」

「ありがとうございます。しかし信濃山病院には人工呼吸器の患者はいません。こちらは数は少ないとはいえ重症患者が多い。大変なのに、新たな受け入れ、感謝します」

「たしかにうちは重症患者が多いけど、ここ数日は、ひとりも死者が出ていない。しかしそっちはまたひとり亡くなったってな」

さすがに情報が早い。

「早朝に、ひとり亡くなりました。残念です」

今朝、早朝六時、千歳が主治医をしていたコロナ患者、山村静江が亡くなった。入院から約一週間の経過である。濃厚接触者である息子の山村富雄は、当然ながら付き添うこともかなわず、孤独な旅立ちであった。遺体の入れられた真っ黒な袋が、シーツに包まれて運び出されていくところを、敷島も目にしている。

「今の時点で死者は何人になる?」

「五人です」

朝日が缶コーヒーに口をつけたまま、わずかに眉を寄せた。

「それだけの人数を、挿管《そうかん》せずに看取ってくれているわけだ」

「人工呼吸器につないで助かりそうな患者なら、先生にお願いしています。しかし認知症患者や寝たきりの高齢者については、家族に説明の上、挿管せずに看取っています」

「助かるよ」

短い朝日の返答が、多くの想《おも》いを含んでいる。

呼吸状態が悪くなり、人工呼吸器が必要になったからといって、すべての患者を送り込まれれば、筑摩野中央医療センターも崩壊してしまう。言い換えれば、後に続く若い重症患者の治療ができなくなるということだ。

「助かるよ」という朝日の言葉には、過酷な道を黙々と歩む信濃山病院に対する敬意が含まれている。

「俺たち現場の医者は、信濃山病院がどれだけの仕事をしているかよく知っている。例の市役所の失言については、気にするなよ」

ふいの朝日の言葉は、今コロナ診療現場で噂《うわさ》になっている、ある市役所幹部の発言について言及したものだ。

昨日夕方、市役所の感染対策会議の直後に、市の幹部のひとりが側近に対してこぼした言葉が、衝撃をもって診療現場に伝わっている。

〝信濃山病院は大変大変とさかんに騒いでいるが、元気な軽症患者ばかり診ていて、そんなに大変なわけがない。心配する必要はない〟

そんな内容の発言は、またたくまに人の口を伝わって広がり、今朝には信濃山病院の内科カンファレンスでも話題になっていた。

数日前に、内科部長の三笠が院長とともに、テレビ会見を開いたばかりである。入院患者が三十人を超えていることを筆頭に、医療の危機的な状況を訴えたのだが、それに対する市の反応ということになるだろうか。公式の発言ではないし、どこまで正確な情報かは不明であるから、一喜一憂するものではないが、緊張感の欠落した行政機関の態度が浮き彫りになった形である。

「これだけの混乱の中で、市役所が一向に動き出さないのは、上層部にそういうおかしな人間がいるからなんだろうな。まったく気が滅入《めい》る話だ」

「でも、重症を診ている筑摩野中央医療センターは大変だろうと、共感していたらしいじゃないですか。うらやましい限りです」

「嫌味を言うな、嫌味を」

苦虫をかみつぶしたような朝日の顔が、苦笑を誘う。

小さく笑いながら、しかし敷島の胸の内には、暗い想念がある。

信濃山病院には、たしかに公式の重症患者はいない。しかし軽症、中等症のみとされている病院から複数の死者が出ていることは事実である。重症と認定されないまま死亡している患者たちに何が起こっているのか、現場から遠く離れた安全地帯にいる人々には想像もできないのかもしれない。

――いや、問題はもっと根が深いのか……。

敷島の思考は、薄暗がりの中を浮遊する。

コロナ診療については、どこに全体の司令塔があるのか、誰が戦略を立て、どのような理念で動いているのか、現場の敷島たちにはほとんど見えてこない。

信濃山病院のような小さな病院がコロナ患者の大半を受け入れているのに対して、はるかに大規模な病院が事態を静観して我関せずという態度を維持している。民間病院の中には、かなりの感染症病床を確保したと宣言しながら、実際は、院内で発生した患者の治療に専念し、地域の患者は断っているような所もある。歪《ゆが》みはたくさんあるが、単純に善か悪かの問題ではない。そのような行動を誰が主導し、責任がどこにあり、どのような理念に基づいて動いているのか、現場にはまったく見えてこないのである。

行政とのつながりを考えれば保健所に権限があるのかもしれないが、臨床から遠く離れた保健所長の指示に、民間の大病院の院長が従うとは思えない。巨大な影響力を持つはずの大学病院は、意見を提示するどころか、内部の意思統一さえできていない。市は先に述べたごとく事態の深刻度さえ把握しておらず、だからといって一地方都市の感染爆発に対して県に期待できることはほとんどないだろう。

結果として、コロナ診療は、限られた現場の医師たちの個人的努力と矜持《きようじ》と、わずかな人脈とによって、ぎりぎりの生命線を保っていると言っていい。

「信濃山の先生たちには、俺が感謝してるって伝えてくれ」

朝日の深みのある声が、敷島を思考の底から呼び起こした。

「治療の引き際を考えながら、看取りに持っていってくれてる先生たちに、心から感謝している」

「この町に先生のような呼吸器内科医がいてくれたことを、嬉《うれ》しく思います」

「なんだよ、それ」

朝日は、柄にもなく照れたような笑みを浮かべた。

「なんにしても、陽性者の数が減ってきているのは事実だ。もうひと踏ん張りすれば、今よりは楽になるはずだ」

「だと良いのですが、しかし緊急事態宣言は二月七日までです。そこで解除されれば、また大きな波が来ます。そうすれば……」

「宣言は延長されるよ」

さらりと朝日が応じる。

さすがに敷島は当惑する。

「閣僚のひとりみたいに自信に満ちた発言ですね」

「敷島にしては、面白いジョークだ」

笑いながら朝日が続ける。

「いま宣言が解除されれば、二、三週間のうちにまたたくまに次の感染爆発が来る。そうなれば信濃山病院は当然だが、うちだって持ちこたえられない。長野がこのありさまなんだ、東京はとんでもないことになっているんだろう。それくらいは政治家の先生方だって気づいているはずだ」

力のある声であった。

敷島が目を向けると、朝日は笑って続ける。

「そう思って、力を尽くすしかないんだよ。きっとこのまま乗り切れる。諦めたら、それで試合終了だ」

「それって、何かの漫画の台詞《せりふ》じゃなかったですか？」

「そうだっけかな。俺のオリジナルってことにしといてくれよ」

とぼけた顔で笑いながら、朝日は軽く敷島の肩を叩《たた》いた。

浮薄な口調の中に温かい励ましがある。

敷島はコーヒーを飲み終えて立ち上がった。

「戻るかい？」

「戻る元気が湧いてきました。いつもありがとうございます」

「礼はいらない。第四波が来る前には、一度ゆっくり飲みに行こう」

この先の見えない状況で、朝日の目は、すでに三波ではなく四波を見据えている。やはり並の医師ではないのである。

敷島は一礼して身を翻《ひるがえ》した。

患者搬送が目的であったとはいえ、このタイミングで朝日に会えたのは運が良かったと敷島は思う。

廊下の窓からは、薄曇りの寒々とした空の下に玲瓏《れいろう》たる北アルプスの山並みが見える。人間の一喜一憂など、まったく気にも留めない冷然たる冬景色だが、今さら人の世界の外側に特別な救いや希望を期待するつもりもない。

敷島は、そのまま医療センターの正面玄関からタクシーに乗り込んだ。

そうして信濃山病院へ戻った敷島を、しかしあざ笑うように、衝撃的な事実が待ち受けていた。

院内感染の発生であった。

一月二十六日、夜七時の大会議室に、多くのスタッフが集まっていた。

四角形に並べられた机の正面中央には、院長である外科医の南郷《なんごう》が座っている。豊かな顎髭《あごひげ》を蓄えた、堂々たる体軀《たいく》の持ち主だ。

その隣に内科部長の三笠の姿があり、左右には看護部長、事務局長、検査技師長、薬局長、情報部長など各部署のトップが並び、さらに整形外科、産婦人科、小児科などの各科の科長も集まっている。

もちろん外科科長の千歳も、内科科長の富士と日進も座っているが、その下に位置する敷島は四十歳を過ぎているとはいえ、科長の肩書きがついていないから、本来会議に参加する資格はない。しかし今日の会議については、医師は科を問わず、できるだけ出席するように院長から通達があり、三笠からもコロナ診療チーム全員が集まるように要請があった。よって、敷島のほか春日、龍田、音羽の三人も、後方の席についている。

院長の南郷は、しばらく手元の書類に目を落としていたが、やがて並べられた椅子がおおむね埋まったことを確認して、三笠に目を向けた。

うなずいた三笠が口を開く。

「本日朝、感染症病棟の看護師一名に、コロナ遺伝子検査陽性の結果が確認されました」

感情を消した声が会議室内に響く。

すでに全員が承知している内容であるから、誰も口を開く者はない。ただ耳を澄まして次の言葉を待っている。

「看護師は、昨日夕方から咽頭《いんとう》痛と味覚障害を自覚し、本日早朝、自己判断で発熱外来を受診してPCRを受けたという経過です。保健所にはすでに連絡しましたが、発症日は昨日ということになります。行動歴をすべて確認しましたが、県外への移動歴はなく、会食歴もなく、現在確認されているクラスター施設との接触歴もありません」

「つまり、感染経路は、入院患者を介したものと推測される」

低い声でそう言ったのは、南郷院長である。

南郷は、顎髭に手を当てながら険しい顔で続ける。

「当院ではこの一年間多くのコロナ患者を受け入れてきたが、看護師の陽性は初めてだ。それも院内感染が疑われるとなると、一大事ということになる。しかし、問題はそれだけではない」

南郷が再び三笠に目を向ける。三笠はうなずいて続けた。

「本日午後、緊急で、感染症病棟の看護師全員のPCR検査を行いました。勤務中だった者も含め、休日だった者も呼び出した上で、全員の検査です」

そこで一旦言葉を切ってから、会議室を見渡して告げた。

「さらに三人の陽性が確認されました」

会議室の中が水を打ったように静まり返った。

さすがに予想しなかった内容であった。

わずかの間を置いて、動揺がさざ波のように広がり、それが徐々に拡大して、かつてない大きなざわめきを生み出していく。

出席者の何人かは承知していたのかもしれない。しかしほとんどが初耳であったようだ。敷島もむろんそのひとりである。一名の陽性者が出たことと、病棟看護師たちの緊急PCRについては聞いていたが、さらに三名が陽性というのは初耳である。診療体制の根幹を揺るがす非常事態だ。

あちこちで私語が往来し、それが次第に大きくなり、やがて唐突な質問が飛び出し始めた。

泌尿器科の医師が、陽性者の行動歴は確認できているのかと問えば、産科の女性医師が、産科病棟への出入りがあったか知りたいと声を上げる。整形外科医が、至急コロナ診療チームの医師もPCRを行うべきだと発言したそばから、薬局長が別の質問を重ねてくる。

飛び交う質問は、問責するような厳しい調子さえ帯びてくる。攻撃的な態度は動揺の表れでもある。動揺の裏には、目に見えないウイルスに対する恐怖がある。

「長期戦で、看護師の気が緩んでいたのではないか」

ある医師がそんな発言をすれば、別の医師が、

「看護師たちが休憩室でマスクをはずしているのを見た」

と告発するような口調で告げる。

そのつど三笠の隣に座る看護部長が何事か反論しているが、疲労の色も濃い中で系統だった反論にはならず、その声さえ敷島のもとまで聞こえない。

――誰が最初の感染者か。

――症状があるのに黙って勤務していた看護師がいるのではないか。

――そもそも、他の病棟からろくに訓練もできていない看護師を移動して、増員したことに問題があったのではないか。

発言者たちがどこまで自覚しているかは別として、飛び交う質問は犯人捜しのような様相を帯びていく。

発言者の中に、コロナ診療にかかわっているスタッフはひとりもいない。すべて他の科の医師たちであり、他部署のスタッフである。内科医と外科医は沈黙したままだ。

コロナ診療に携わっていない者の方が、冷静で、客観的で、遠慮のない意見を口にすることができる、と言えば言えなくもない。けれども敷島の胸にはなにか釈然としないものが蓄積していく。

なおしばらく座っていた敷島は、やがてそっと立ち上がり、背後の出口に静かに足を向けた。

もとよりこの会議では、敷島に発言権はない。そんな場所に押し込められてむやみと気持ちが乱れるくらいなら、黙って距離を置いた方が良いというのが敷島の結論であった。

だからこそ、ふいに、

「敷島先生」

と三笠の大きな声に呼び止められたときは、敷島の方が驚いた。驚きながら振り返りつつ、続く三笠の言葉にさらに困惑した。

「何を怒っているのですか？　先生」

　突然の三笠の大きな声と、文脈の読めない問いかけに、室内のざわめきが、潮が引くように遠のいていく。

　正面の席に座る三笠は、じっと敷島を見つめている。

　敷島は、注目の集まる中で佇立《ちょりつ》したまま、ようやく口を開いた。

「私は怒っていますか？」

「怒っているように見えました。気のせいですか？」

　広い会議室に不思議な対話が響く。

　敷島は足を止めたまま、正面に淡然と座している三笠を見返した。

　三笠は、こんな場所で気まぐれやたわむれを口にするような人物ではない。事実、三笠の目は、いつにないまっすぐさで、敷島をとらえている。

　問うような、祈るような、包み込むような、奥底の読めない目が微動だにせず敷島を見つめている。

　敷島はわずかに間を置いてから、三笠個人に向かって答えていた。

「もしかしたら、怒っているのかもしれません」

「なぜですか？」

「これが院内感染だとしたら、原因は、看護師にはないと考えるからです」

　敷島の静かな声が響いた。

普段は寡黙な敷島の、落ち着いた返答に、誰も口を挟まなかった。

三笠は小さくうなずく。

「続けてください」

「看護師の発症日が、昨日か一昨日だとすれば、潜伏期間から逆算して、感染したタイミングは今から一週間ほど前だと思われます。あの、もっとも過酷であった時期です」

一週間前といえば、入院患者が三十人を超え、入り乱れるように様々な重症度の患者が入退院を繰り返していた時期だ。

敷島の言葉に、すぐそばに座る春日や龍田が同意するようにうなずいている。一方で他科の医師たちの中に困惑顔が見えるのは、どれほどの入院患者がいたかさえ、細かくは知らない者もいるからであろう。

コロナ診療に対しては、医療機関や行政機関の間でも認識に大きな差があるが、同じ病院の中でさえこれほどの格差がある。

「三十六床の病棟で、入院、退院、転院に死亡など、一日で十人以上の患者が出入りした日もありました。一般診療では考えられない業務量です。しかもその膨大な業務を、厳重な感染対策を維持しながら遂行しなければいけなかった。一言でいえば、非常識というべき状況です。非常識な仕事量を課しておきながら、完璧に実行できなかったからといって責めるのは、筋が違うと思うのです」

「責めているつもりはないんだよ、先生」

口を開いたのは、また別の科の年輩の医師だ。

「失敗が起これば再発防止のために原因を検証しなければいけない。先生が看護師の肩を持つのはかまわないが、同情で判断を曇らせているようでは、トラブルを防ぐことはできない」

「判断が曇っているのはどちらですかね」

答えたのは敷島ではなかった。

その医師の向かい側に座っていた外科の千歳であった。

意外な発言者に、会議室の注目が集まる。

千歳はゆったりと腕を組んだまま、相手に目を向ける。

向けられた方がぎょっとしている様子がある。

「この件に関しては、敷島先生の判断は曇ってはいないと思いますよ」

千歳の発言は、誰にとっても予想外であった。

千歳は単に外科科長という肩書きがあるだけではない。理知的で冷静で人望もある。自己の意見をあまり明確に語らないところはあるが、感情や派閥で動くことはなく、少なくとも公平性という点について、異論を唱える者はいない。その千歳が、いつになくはっきりと自らの見解を示している。

「では先生」と相手の医師が気圧《けお》されながらも応じる。

「感染の原因検証も行わないでいいとお思いですか?」

「もちろん検証は大切です。それどころか、ただちに検証チームを立ち上げ、明日にでも活動を開始すべきです。しかし院内感染の主たる原因は、明らかだと思います」

答えた千歳は、あとを任せるように敷島に目を向けた。

敷島がうなずいて続けた。

「原因は、看護師の不注意や、気の緩みにあるのではなく、感染対策さえ十分に履行できないほどの激務を現場に強いた我々にあると思います」

力強い言葉ではない。自分の言葉に確固たる信念を持つほど敷島は自信家ではない。ただ、現場から遠い場所にいる者たちに対して、現場を背負う者としての責務を果たさなければならないと思っただけであった。

沈黙が舞い降りた。

突然の三笠と敷島の対話、それに続く千歳の意外な発言。そして敷島の応答。

衝撃的な院内感染の報告に混乱し、苛立ちや不安感が急速に膨れ上がっていた会議は、誰も予想しなかった方向に流れていく。

ふいに、わざとらしく大きな咳《せき》をしたのは日進だ。一同の注目を集めてからにやりと笑う。

「私も今回は敷島先生に賛成ということで」

告げた日進は、そのまま笑いを消して語を継いだ。

「これまで一年間、当院はずっとコロナ患者を診てきて、一度も院内感染を起こしていないんですよ。一波のときも二波のときも、多くの患者が入院しましたが院内感染はなかった。対策そのものに問題があったのなら、とっくにどこかで誰かが発症しているでしょう。なぜこのタイミングなのか、考えればわかることじゃないですか」

こんな展開を、敷島も予想していなかった。

千歳も日進も、それぞれに敷島とは立場が違う。

千歳は積極的にコロナ診療を支えてきたが、三笠とは微妙に距離を取り続けていた。日進は、基本的にコロナ診療に消極的で、機会さえあれば皮肉や嫌味を振りまいて、診療からの撤退すら示唆していた。

千歳には千歳の主張があり、日進には日進の態度がある。それぞれに思いの在《あ》り処《か》は異なりながら、しかしこの一か月、身を焼くような業火《ごうか》の中を歩いてきたことは同じだったということであろう。

「先生方は、もっと早い段階で患者を拒否すべきであった、という意見でしょうか？」

口を開いたのは三笠である。

「すべての患者を受け入れてきた当院の基本方針に間違いがあったと？」

誰もがはっとするような踏み込んだ質問であったが、問いただすような口調ではない。淡々と事実を確認するような声音である。

敷島はゆっくりと首を左右に振った。

「この第三波の間、多くの病院が、コロナ患者の受け入れを拒否してきました。当院まで拒否すれば患者の行き場が完全になくなっていたことを思えば、ほかに道があったとは思えません」

広い会議室に、敷島の声が思いのほか深く響く。

「我々には、選択肢などほとんどありませんでした。我々は、当たり前だと思っていた世界が、あっというまに崩壊していく姿を見てきたのです。そのわずかな選択肢の中で、もっとも多くの命が救える道を選び、その結果として今の院内感染が起きました。結果から見れば、正解であったとは言えませんが……」

敷島は少し視線を落としてから、もう一度三笠に目を向けた。

「最善であったことは確かです」

会議室の中が再び静寂に包まれた。

それ以上の言葉はなかった。

内科と外科の医師たちの脳裏に浮かんでいたのは、この一か月間で直面した異様な臨床現場である。

大きな肺炎があるのに入院できず、自宅待機を命じられた患者がいた。

ホテルへ行くように指示され、入院させてくれと涙を浮かべる患者がいた。

発熱外来の外には車の長蛇の列があり、車内で状態が悪化して、慌ててテントに運び込まれた者もいた。

病棟では急激に呼吸状態が悪くなる者があり、搬送になる者もあり、搬送ののち帰らぬ人となった者もいた。

点滴を引き抜いて座り込んでいた老人。

真っ黒な袋に詰められ、見送る者もないまま運び出されていく遺体。

それらを見つめて、呆然《ぼうぜん》と立ち尽くしていた看護師。

すべてが、誰も見たことのない景色であった。

「貴重な意見に感謝します」

低い声で告げたのは、南郷院長であった。

黒々とした顎髭を撫でながら続ける。

「しかし敷島先生の発言には一部訂正が必要です。先生は、今回の責任は現場に激務を強いた我々にあると言った。しかし責任は我々にあるのではない」

机の上に置いた手を軽く組み直してから、南郷は続けた。

「責任は皆に激務を遂行させた『私』にある。その点を明確にしたうえで、今我々にできる対策を開始する。第一に、本日中に、県のクラスター対策班と連絡をとり、院内感染の検証チームを組織する。第二に、感染看護師の治療面、精神面のフォローのために特別チームを立ち上げる。第三に、全職員、全入院患者のPCR検査を二十四時間以内に完遂する。さらに、本日から約二週間を目安として、外来をのぞく一般診療を原則停止する。各部署長は、組織の再編、疲弊した職員の休養、業務再開のタイミングについて、提案をお願いしたい」

鋭い声で次々と指示が出され、静止していた時間が再び動き出した。

千歳は何事もなかったように、南郷の指示をメモに取り始めている。

その隣に座る日進は、千歳とは対照的に、大きなあくびをしながら太い首を掻《か》いている。

敷島は一礼し、ざわめく会議室に背を向けた。龍田と音羽がすぐそのあとに続いた。

夜九時過ぎ、会議での決定が矢継ぎ早に発表された。

夜を徹しての、全職員および全入院患者のＰＣＲ検査施行。

新規のコロナ患者、コロナ疑い患者の入院受け入れ中止。筑摩野中央医療センターにバックアップの依頼。

かかりつけ患者を除く一般患者の入院受け入れも中止。

救急車の受け入れ中止。

一般外来、発熱外来は継続。

透析センターは継続。

つまり、外来関係をのぞいて、病院機能のかなりの部分が停止するということである。

「とうとう来るべきものが来たって感じですね」

龍田の声が夜の医局に響く。

ソファに大きな体を投げ出して、天井を見上げている。

端末の前に腰かけた音羽が頼りない声で答えた。

「看護師さんたち、大丈夫でしょうか？」

「赤坂さんも陽性だって聞いたよ。結構肺炎があって、入院らしい」

「赤坂さんが……」

長い間、病棟を支えてきた大ベテランが陽性になったことの衝撃は大きい。確かに、これまでと同じ医療体制の維持は困難であろう。

隅のポットでコーヒーを淹《い》れながら、敷島は背中で二人の会話を聞いている。

「でも筑摩野中央医療センターの方は大丈夫なんでしょうか。ここの診療が止まって全部あちらに患者が流れたら……」

「そうだよな、いくらか入院が減っているとはいえ、これからの新患が全部流れたらなぁ」

「大丈夫だという見込みですよ」

そう答えたのは、ちょうど医局に入ってきた春日だ。

「さすがにここの院内感染は、地域全体の問題ですからね。医療センター以外にも、何か所かの病院がコロナ患者の受け入れを表明してくれているそうです」

春日は、敷島たちが退出したあとも最後まで会議室に残っていた。細かい情報を聞いているのであろう。

「三、四人の軽症患者を受け入れていた病院が、さらに二、三床増やしてくれるようです。発熱外来はやらないとか、土日の入院は受け入れないとか、いろいろと条件がついているみたいですが……」

「土日は無理って……」

龍田が絶句している。

その横で音羽も唖然《あぜん》としている。

そんな様子に春日は苦笑しながら、

「大学病院でも、一部の内科系の医局が、動き出してくれているようです。消化器内科の教授が、かなり積極的に動いてくれているという話も出ていました。まだまだ足並みはそろっていないようですけど」

「とにかく、うちがぶっ壊れて、ようやく色々動き出すってことですか……」

「動き出さないよりはよいのでしょう」

春日のそんな言葉が、しみじみと響いた。

今日の陽性者は二人だけであったという。一人はホテル療養で、一人が入院となったが、入院患者も筑摩野中央医療センターが受け入れてくれている。毎日十人以上の陽性者が続き、入院待ちの患者が溢《あふ》れていた先週が嘘《うそ》のようだ。

それにしても、と龍田が首を動かして敷島に問うた。

「三笠先生って、よく敷島先生が怒ってるって気が付きましたね」

敷島はコーヒーカップを片手に振り返る。

「僕はてっきり、病棟に呼ばれて出ていくだけかと思ってましたよ」

「そうですね、私もびっくりしました」

音羽もうなずく。

「会議室の一番奥にいた三笠先生が、いきなり出口の敷島先生を呼び止めるんですもの」

敷島は黙ってうなずいただけであった。

今から振り返ってみても、敷島は自分が怒っていたのかどうかもよくわからない。ただ、会議室の空気に落ち着かないものを感じて、立ち去ろうとしただけだ。そんな敷島を呼び止めた三笠の声に、常ならぬ響きがあり、引き寄せられるように口を開いていたのである。

——もしかしたら……。

敷島は、沈黙のまま思考をめぐらせる。

もしかしたら三笠は、自分の思いを敷島に代弁してほしかったのではないかと思う。

立場上、三笠は発言が難しい。最終的な責任は、南郷院長にあるだろうが、三笠本人も病院幹部のひとりだ。しかし、幹部側にいながら自ら陣頭指揮を執って前線にいたのも三笠である。

院内の危機について熟知している三笠は、一方で、静観している行政の態度や、周辺医療機関の鈍重な動きについてもよくわかっていた。多くの事柄を知っているがゆえに、割り切った発言は難しい。

敷島なら、問題の本質を、衒《てら》いもなく淡々と語ってくれると思ったのではないか。

——なぜ今感染が起こったのか。

——我々は何をしてきたのか。

——そして何を見失ってはいけないのか。

もちろん、確かめるすべもない推測である。

「それにしても一日あけて、明後日《あさって》もＰＣＲかぁ。この一か月で七回目のＰＣＲですよ。ほんと鼻が痛くて嫌なんだけど」

龍田がぼやくように声を上げた。

「私なんて、毎回鼻血が出ます」

音羽の困惑顔が痛ましい。

「まあ、まだ陽性者があとから出てくる可能性もあるから、しばらくは仕方がないでしょう」

春日はずり落ちかけた眼鏡を持ち上げながら、

「幸いというわけではありませんが、しばらくは入院が止まりますから、いくらか余裕が出てきます。その間に体調を立て直して次に備えるのが、私たちの仕事になります。院長は原則二週間の停止と言っていましたが、周辺医療機関の及び腰の態度を見るに、それほどのんびりとはさせてくれないかもしれません。つかの間の静けさというところでしょう」

その分析はいかにも春日らしく、冷静で的確である。

やがて春日は、黙礼して医局を出ていった。

龍田や音羽も、「お疲れ様です」と言いながらそれぞれの業務に戻っていく。敷島が、その背を見送ってから窓外に目を向ければ、いつのまにか雪が舞っていた。

ほとんど車も見えない病院前の駐車場にうっすらと雪が積もり始めている。院内感染に浮き足立つ病院を、ゆっくりと包み込むように、辺りを白く染めていく。

それから約一週間、信濃山病院は、かつてない静寂に包まれることになった。

入院機能が停止したことだけが理由ではない。地域内での陽性者の数が、急激に減少していったのだ。

発熱外来は通常どおり稼働していたが、受診者は日を追って減少し、十名を切ることもあり、陽性者ゼロの日も見られるようになった。

院内感染については、複数回のPCR検査で、新たな陽性者はひとりも確認されなかった。患者側にひとりも陽性者が出なかったことは、不幸中の幸いであろう。いやむしろ、これまでの医療機関におけるクラスターのほとんどが、患者を巻き込むものであったことを思えば、誇って良いことであったかもしれない。

この間《かん》、三十人近い入院患者を抱えていた感染症病棟は、新規入院が停止となったことで、以前のような激務からは解放されたが、安堵《あんど》感が広がっていったわけではない。感染症病棟は、まるで一面の空襲を受けたあとの焦土のような、白い静寂に包まれていた。

その静けさの中でも入院患者の診療は継続され、多くの患者が退院していった。院内感染の看護師も複数名が入院となったが全員が軽症で、長期入院になった者もいない。

約一週間で、九名が退院し、二名が死亡した。

オンライン面会を成功させた森山八千代も、死亡退院のひとりであった。

一月三十日、午後十一時十五分。

それが森山八千代の呼吸が止まった時間である。

すでに数日前から食事を摂らなくなり、呼吸状態がゆっくりと悪化してくる中、苦しむ様子もなく、静かに息を引き取る夜となった。

防護服姿の敷島と看護師が死亡確認を行う間、ベッドサイドに立って、じっと森山を見守っている女性がいた。

二《に》ノ宮法子《みやのりこ》、五十八歳。介護施設『光と雪の森』の施設長で、昔からデイサービスを利用していた森山のことを、良く知っていたという。『光と雪の森』では、施設長である二ノ宮自身もコロナ肺炎を発症し、ちょうど同じ感染症病棟内に入院中だったのだ。

「なんで、こんなことに……」

枕元に立った二ノ宮は、震える手を伸ばして何度も森山の白い髪を撫でている。

防護服姿が行きかう病棟の中で、患者のそばに普通の服装の人が寄り添っている景色は、かえって異様に見える。普通であるはずの景色が異様に見えるということは、それだけコロナ診療が異様だということである。

「とても明るくて、優しい方だったんです」

二ノ宮の小さく震える声が聞こえた。

「認知症といってもわずかなものですし、自分でご飯も食べられるし、ほかの利用者さんがなにか危ない動きをしていると、大きな声で私たちを呼んでくれたりしました。森山さんがいてくれるととても助かるって、スタッフ同士でも話していたくらいです」

二ノ宮の痩せた手が、森山の髪を何度もかきあげて直している。

「ごめんなさい……」

嗚咽とともに、そんな言葉が漏れた。

両目に涙を浮かべたまま、二ノ宮は何度も何度も両手で森山の髪を撫でていた。

「ごめんなさい……、本当に……、守ってあげられなくて、ごめんなさい……」

ごめんなさいを繰り返す二ノ宮は、ふいに何度も咳《せ》き込み、ほとんど崩れるようにベッド柵に倒れかかっていた。看護師が慌ててそばに駆け寄って支え、背中をさすってやる。二ノ宮自身も両肺に炎症のある中等症の肺炎なのである。

『光と雪の森』は小さな施設であるが、コロナウイルスはここに対しても容赦しなかった。職員、利用者の双方に感染は広がり、すでに森山以外にも死者が出ている。二ノ宮自身もアビガンを内服しながら闘病中だが、その心の負担の大きさは到底敷島には測れない。しかも『光と雪の森』には、『ラカーユ』同様に、嫌がらせの電話や投書があるという。

この絶望的な状況で、敷島にはかけるべき言葉も浮かばない。

防護服の看護師が、泣き崩れる二ノ宮に寄り添って話しかけている。

森山については、病院が責任をもって送り出すということ、これから森山の退院の支度を始めなければいけないこと、二ノ宮自身、しっかり肺炎と闘わなければいけないこと。ひとつひとつ丁寧に説明し、そっと部屋の外に連れ出していく。

静かになった病室に残された森山は、すっかり痩せ細り、頬骨も浮き上がっているが、表情は不思議なほど穏やかであった。

やがて二ノ宮を連れ出した看護師が戻ってきて、口を開いた。

「ご家族が付き添えませんでしたから、二ノ宮さんがいてくれただけ、森山さんは良かったかもしれませんね」

敷島は黙ってうなずく。

看護師の言葉は気休めではあるものの、たとえ気休めでもないよりは良いだろう。

すでに森山の夫と、横浜の娘には敷島から連絡済みである。夫は、濃厚接触者の指定日からすでに二週間が経過し、自宅待機を解除されてはいるが、院内感染から数日しか経過していない病棟に一般人を入れることは許されない。娘の方は電話の向こうで泣き崩れるばかりであった。

「あとは大丈夫ですよ」

立ち尽くしていた敷島に、看護師が告げた。

「エンジェルケアをして袋に入れて、運び出すだけです」

エンジェルケアというのはいわゆる死化粧《しにげしょう》とでもいうべきもので、亡くなった患者に化粧を施して顔色を整える処置のことだ。本来ならそのあとに、顔色の整った死者と、残された家族との別れの時間が設けられるのだが、コロナの現場ではそれもかなわない。化粧を施した看護師自身の手によって、患者は感染者用の黒い袋に入れられ、テープで目張りされ白いシーツに包まれる。

いずれも看護師にとって重労働であるが、それ以上に、一般診療にはない孤独感と虚無感のただよう厳しい作業となる。誰も見ることのないエンジェルケアを施し、誰も見送ることのない遺体を袋に入れる作業である。

「手伝えることがあれば手伝うが」

「大丈夫です。先生にまで感染が広がったら、どうにもならなくなりますから、早めに出てもらっていいですよ」

飾り気のないそんな言葉が返ってきた。

入院のコロナ患者は現在十四名まで減っているが、院内感染の影響で看護師もかなりの数が現場を離れている。患者が減っても、現場のスタッフの負担が軽減したとは言えない。それどころか、多くのスタッフが、次は誰が陽性になるのか、震えるような恐怖を覚えながら働いている。

「人手が足りないことは知っている。遺体を袋に入れるときだけでも手伝うから、呼んでくれてかまわない」

「行ったり来たりする方が危険です。あとは私たちでやりますから大丈夫です」

看護師の口調に余裕はない。しかし単に敷島の気遣いを切り捨てているのではなく、そこにはプロフェッショナルとしての矜持が静かに光っている。

敷島は短く礼を言い、感染症病棟をあとにした。

防護服を脱ぎ、シャワーを浴びて一息をついたときには、日付は一月の三十一日に移っていた。嵐のような一か月も、いつのまにか最後の一日になっていた。

深夜の病棟廊下に人の気配はなく、救急車の受け入れを停止していることもあって、救急外来も静かな様子だ。

森山の経過についてカルテ入力を行うために医局に足を運んだ敷島は、そこに、いつものごとく座って仕事をしている三笠を見つけていた。相変わらず、すぐ横に分厚い書類を山のように積み上げて、三笠はキーボードを叩いていた。

「こんな時間に、まだ仕事ですか？」

隣の端末に腰かけた敷島に、三笠が目を向ける。

「敷島先生こそ、遅い時間までご苦労様です」

「森山さんが亡くなりました。その看取りです」

「そうですか」

小さくうなずいた三笠の前のモニターには、色々な表やグラフが並んでいる。日ごとのコロナ患者の発生数や入院数、ホテル療養者の数などが並んでいる。こんな時間まで事務仕事をしているらしい。

敷島の心配する声に、三笠の表情は暗くない。

「ちゃんと休んでいるんですか？」

「大丈夫ですよ。夜中に孤独な患者を看取っている先生よりは、今の私の方がストレスは少ないでしょう」

敷島はそんな風には微塵《みじん》も思わない。

たしかに臨床現場は過酷なありさまであったが、その指揮を執り続けた三笠の心労たるや尋常なものではないだろう。それでも三笠は、一度も他者を攻撃するような軽薄な発言をしてこなかった。負の感情のクラスターからしっかりと距離を取り、静かに黙々と現場を支え続けてきた。それも、一か月やそこらではない。一年も続けてきたのである。誰にでもできる仕事ではない。

「そういえば、敷島先生の自己隔離生活はどうなったのですか？　まだ車の中で寝ているのですか？」

ふと思い出したように問う三笠に、敷島は苦笑で応じた。

「二週間の車生活を試みましたが、一週間ほどで力尽きました。二、三日前から自宅の布団で眠っています。妻からも、もう十分じゃないかと言われました」

「よくがんばりましたよ。なかなかできることではない」

「それなりにがんばってきたつもりです。先生には及びませんが。しかし、これだけがんばってきたというのに……」

――ここにきて院内感染……。

その言葉を、敷島は口にしなかった。より正確には、口にすることができなかった。三笠もまた、途切れた先の言葉を求めなかった。

一波、二波を乗り越え、もっとも苛烈な第三波も、なんとか乗り切れるかと思われた矢先の事態であった。必死に戦い続けてきたこのタイミングで、診療の根幹を揺るがす院内感染が発生し、病院機能の多くが停止するというのは、あまりに過酷な展開というものであろう。

その中でも一番苦しい立場は三笠であるにちがいない。診療を統括してきた三笠こそ、院内感染の衝撃をもっとも直接的に受けたはずである。

「苦しいことは確かに苦しいですよ」

敷島の思いを汲《く》み取ったように、三笠が答えた。

「しかしね」と穏やかな表情のまま続ける。

「一番苦しかったときを思えば、これでもたいしたことではないのです」

「一番苦しかったとき？」

三笠が微笑を返す。

「感染爆発もクラスターも確かに苦しかった。院内感染と聞いたときは呆然とするほどでした。しかしそれでも、一年前のことを思えば、この苦しさはたいしたことではありません」

『一年前』という言葉がいつになく重い響きを伴って敷島の耳を打った。

「ちょうど一年前、横浜からクルーズ船の患者を受け入れたあのときの恐怖感を、私は今も忘れられないのです」

わずか一年前、コロナウイルスは、完全に正体不明のウイルスであった。

感染形式は不明、治療法は不明、予後は不明、後遺症も不明。どのように隔離すればよいかも明確でなく、患者の受け入れが決定した感染症指定医療機関には、恐怖感が広がっていた。信濃山病院でも、最初の患者受け入れ当日に、病棟で泣き出した看護師もいたのである。

「今は確かに大変です。患者の数も多く、重症者も多く、亡くなる人も昨年よりはるかに多い。しかし、それでも、あの一年前の、常に『死』を感じなければいけなかった日々に比べればたいしたことはありません。今の我々にはアビガンがあり、ステロイドがあり、レムデシビルがある。

隔離の方法もわかっているし、他院には相談できる専門医もいるのですから」

三笠の言葉に、敷島はうなずき返した。

一年前と比べれば、たしかに現場の空気は変わったのである。

昨年の冬から春にかけては、薄氷を踏むような医療だった。看護師たちの手前、あくまで超然とかまえながら、敷島自身、常にどこかに死の気配を感じる数か月があった。いつ誰がどこで感染するのか、そして感染すればどの程度の確率で死ぬのか。わからないというまさにその事実が、最大の恐怖であった。

初期のコロナ診療チームが、三笠、日進、敷島の三人だけで、内科若手の春日や音羽をくわえなかったのは、その『死の恐怖』が幻想ではなかったからだ。富士が除外されたのも同じ理由からである。日進は、隔離病棟に初めて入る前の日に、遺書を書いて家族に渡したという噂がある。本人に問うても、今となっては笑うばかりで答えない。

やがて内科三人のチームに、千歳が志願してくわわり、最初の外科、内科混成チームが結成された。

黙々と采配を振る三笠。

いつも愚痴と皮肉を撒《ま》き散らす日進。

表情ひとつ変えず感染症病棟へ向かう千歳。

そんな三人の後ろを、敷島は淡々とついていった。

「今思えば、敷島先生が一番落ち着いていたかもしれませんね。何も言わず、黙って診療に従事していた」

　買いかぶりすぎの評価だと敷島は苦笑する。自分はただ、三笠の敷いたレールの上を、遅れないようについていきただけという感覚である。

「いずれにしても」と敷島は感慨深く答えた。

「先生の言うとおり、あの頃とはだいぶ空気が変わりました。今、診療にあたっている医療者のほとんどは、そんな世界があったことさえ知らないかもしれません」

「そうですね。感染の恐怖におびえながら夜も眠れなかった日々を思い出せば、今はよほど落ち着いて診療ができる。そう思うと、クラスターも院内感染もささいな問題でしょう。ああ、こんなことを言っては看護師たちに怒られるかもしれませんが」

　穏やかに微笑《ほほえ》んだ三笠の横顔は、この一年で五年は歳《とし》をとったように深い皺が刻まれていた。

　その目が懐かしいものでも見るように細められている。

「大切なことは、あんな恐ろしい世界の中でも、我々は孤独ではなかったということでしょう。覚えていますか、敷島先生」

　三笠はそう言って、そばの書類の山に手を伸ばし、その中から数枚のホッチキスで閉じられた紙束を取り出した。何度も見返したものなのか、あちこち折れ目がつき、いくらか黄ばんだところもあるそれは、一編の論文であった。

　受け取った敷島は、軽く目を見張る。

「相模原《さがみはら》論文……」

「懐かしいでしょう」

相模原論文という言い方は、正確な呼称ではない。

ちょうど一年前、神奈川県の市中病院で国内初のコロナウイルス感染症の死者を出した病院があった。治療法もまったく未知の時期に、その病院で必死にコロナ患者を治療し、救命した経過をまとめて日本感染症学会に寄稿された論文が、敷島の言う相模原論文である。

「まだ持っていらっしゃったんですね」

「先生が届けてくれた論文です。私にとっては、お守りのようなものですよ」

コロナ診療が始まってわずか一か月足らずの昨年三月ごろ、敷島が見つけて、三笠に渡した論文である。

論文の内容は、衝撃的なものであった。

小さな一地方病院において、突然現れた未知のウイルスと戦ったのは、専門外の外科系の医師たちである。周辺の感染症専門病院やその他の大規模専門病院からは、ことごとく患者の受け入れを拒絶される中で、孤立した病院の医師たちは、治療を最後まで投げ出さなかった。コロナウイルスに対する一切の治療薬が存在しない時期に、インフルエンザウイルス、HIVウイルス、C型肝炎ウイルスなどに対する、手に入る限りの抗ウイルス薬を総動員し、手探りの感染対策を実施しながら、人工呼吸器管理から抜管《ばっかん》にいたるまで、過酷な治療を完遂していた。

その間、病院そのものの置かれた状況も悲惨であった。憶測に基づく苛烈な風評被害にさらされ、他院からの医師派遣も中止され、病院の職員というだけで接触が拒まれたことも記載されている。そうして、この凄絶な記録の最後は、医師とともに奮闘した、看護師を始めとする病院スタッフに対する謝辞で締めくくられていた。世の中には日々、無数の学術論文が投稿されているが、特別な肩書きも役職もない人々への簡潔な謝辞で終わる論文というものは、そう目にするものではない。

重症患者はおらず、院内感染も起こっていない信濃山病院が、同じような状況だったと言えば、言い過ぎになるだろう。しかしそれでも、読んだ敷島が心を打たれたことは事実であった。

当時の信濃山病院もまた、多くの壁に直面していた。

大学病院で難病に対して複数の免疫抑制剤を投与されていながら、コロナ感染が判明したために治療継続を拒否され、信濃山に運び込まれてきた患者もいた。

出産間近の妊婦が、夫がコロナ陽性と診断されたとたん、かかりつけの病院から一方的に診療を中止され、電話相談さえ拒否されて、涙ながらに相談に訪れた例もあった。

手探りの医療という絶望感と、どの医療機関の協力も得られない孤立感。

相模原論文は、まさにそんな状況を震えるような筆致で描き出していた。本来なら読み手に救いのない虚無感を与えてしまうかもしれないその論文が、信濃山の診療チームには確かな活力を与えてくれたのである。

「辛《つら》いのは私たちだけではない」

三笠が深みのある声で告げた。

「この論文を手渡しながらそう言ってくれたのは敷島先生ですよ」

「そんなことを言ったでしょうか」

苦笑する敷島に、三笠は穏やかに続ける。

「自分だけが辛いと思えば、人を攻撃するようになる。自分だけが辛いのではないと思えば、踏みとどまる力が生まれる。そういう意味で、この論文は私に力をくれました。今にも折れそうになっていた私の心に活力を与えてくれたものです。ちょうど、この前の会議での、先生の発言と同じようにね」

唐突な言葉に、敷島は困惑とともに視線を返す。

三笠は微笑んだまま、

「〝正解とは言えなくても、最善の道を選んだ〟。私はまた先生の言葉に助けられましたよ」

そう告げてから、目の前のモニターに視線を戻した。

その横顔を、敷島は改めて見返した。

三笠の横顔からは、悲哀も憤りも、絶望も諦観も窺《うかが》い知れない。すでにいくつもの危機的状況に直面しながら、黙々と乗り越えてきた三笠の目は、凪《なぎ》のように静まり返っている。けれども三笠もまた人である。ここまで細心の注意を払って戦い続けながら、院内感染の発生という突然の厳しい現実を突きつけられて、冷静であったはずがない。人としての大きな器が、内心の激情を包み込み、押し鎮めているだけであろう。

敷島もまた、三笠の見つめるモニターに視線を向けた。

コロナ陽性者や入院患者の推移を示すグラフが並んでいる。信濃山病院の戦歴と言ってもよいかもしれない。

「この病院は、コロナと戦う砦《とりで》だったのだと思います」

ふいに敷島はそんな言葉を告げていた。

深く考えての発言ではない。

脳裏に浮かんだ言葉をそのまま吐き出していた。

「砦……」

三笠のつぶやきに、敷島はうなずく。

コロナという未知のウイルスと戦う最前線の小さな砦。

町から遠く離れた場所で、最初に外敵の襲撃を受けとめる最前線。

敷島にはそんなイメージがある。

「私たちは、この砦で必死に戦い、コロナの侵入を防ぎ続けました。ここに至って砦の壁は崩れたのかもしれませんが、しかしもっとも過酷な一か月間を戦い続け、時間を稼ぎました。そのおかげで、無防備だった後背地に、少なからず新しい体制ができています。一か月前、コロナ診療ができる病院は、当院のほかに筑摩野中央医療センターただひとつだったことを思えば、今は、わずかな数でも受け入れが可能な病院が生まれつつある」

その一か月に意味があったのだと、敷島は思っている。

結果として、この小さな砦は崩れたのかもしれないが、その背後には、小さいながらも新しい砦ができつつある。砦は崩れても、医療そのものが総崩れを起こしたわけではない。

「だから私は、最善の道を来たという思いに迷いはありません」

モニターを見つめたままの三笠がゆっくりとうなずいた。

「ただし、先生」と敷島はすぐに語を継いだ。

そのただならぬ雰囲気に、三笠は敷島を顧みる。

「このままでは、次はありません」

『次』という言葉に、はっきりと力を込めた。

「今回なんとか持ちこたえたのは、個人の必死の努力と熱意が集まって、偶然、幸運な結果を生んでくれたからに過ぎません。次に来る第四波には通用しないと思います。コロナ診療における最大の敵は、もはやウイルスではないのかもしれません。敢《あ》えて厳しい言い方をすれば、行政や周辺医療機関の、無知と無関心でしょう。今回乗り切ったからといって、このまま当院と筑摩野中央医療センターだけで戦い続けるのは危険です」

同じような戦い方をすれば、同じように院内は患者であふれ、孤独な死闘の中で、傷つかなくてもよい者たちまで、また傷つくことになる。

「だから、変えなくてはなりません」

それが敷島の探し続けていたささやかな「正解」であった。

今回は持ちこたえた。しかしそれはこの町の戦略がうまくいったからではない。地域の医療体制が正しく機能したからではない。信濃山病院という小さな砦が、孤軍でありながら、予想外に奮闘したからに過ぎない。

再び孤軍でのぞめば、この砦は四散する。そしてそのとき、後背地の大病院が安穏としていれば、医療全体が総崩れになる。

コロナウイルスはそんなに甘い相手ではない。

三笠は、じっと敷島を見つめていたが、やがてゆっくりとうなずいた。

うなずいてからまたモニターに視線を戻すと、物も言わず、しばしの間、身じろぎもしなかった。


早朝から家の中をばたばたと駆け回る音が聞こえる。

桐子と空汰が、学校の準備で走り回っているのだ。

「お父ちゃん、今日は早く帰ってくる？」

大声で問う桐子に、敷島は笑ってうなずく。

「帰ってくるよ」

「じゃ、夜ご飯は一緒に食べられる⁉」

今度はトイレから飛び出してきた空汰だ。

「食べられるはずだ。でも絶対とは言えない」

「絶対だよ！」

「絶対とは言えないって言ってるだろ」

そんな奇妙な会話の間にも、桐子は赤いランドセルを背負って、登校の準備をしている。朝七時半だというのに、もう家を出るらしい。

そばを走り抜けようとした空汰を捕まえて、敷島は両手で持ち上げた。

「重くなったな、空汰」

「時間がないよ、出発しゅっぱーつ！」

腕の中で暴れる空汰を、しかし敷島は力いっぱい抱きしめた。

うえ、と奇声を上げる空汰に敷島は問う。

「学校は楽しいか？」

「全然楽しくない」

「嫌なことがあるのか？」

「いっぱいある！」

「友だちに何か言われるのか？」

「友だちはいい、先生が怖い！」

敷島は笑いながら、もう一度空汰を抱きしめる。

信濃山病院でのクラスター発生のあと、繰り返すＰＣＲ検査で新たな陽性者は出現せず、クラスターの拡大は確認されていない。しかし病院をめぐる環境は、安定していない。それどころか、目に見えない新たな戦いが始まっている。

親が信濃山病院に勤めているというだけで、子供が小学校で苛《いじ》めに遭うという事例が院内会議で報告された。積極的な苛めには至らなくても、近隣の学校の一部の保護者が、『信濃山病院の看護師を母親に持つ子供とは、一緒に遊んではいけない』と教えているという噂も聞こえている。

看護師に限った話ではないだろう。

桐子と空汰の父親は、信濃山病院の医師である。しかも最前線にたつ内科医である。どこでどんな言葉を投げかけられるかわからない。

「桐子は、学校は楽しいか？」

敷島の言葉に、小学二年生の桐子は少し首をかしげた。

「嫌なことがあるのか？」

「うん、嫌なことある」

ドキリとする敷島に、桐子が笑顔で続けた。

「お父ちゃんが、全然早く帰ってこないこと！」

言ってそのまま玄関に駆け出していった。

美希が「道路に飛び出しちゃだめよ」と慌ててあとを追いかける。空汰はお決まりの頭突きを敷島の腹にぶつけてから、すぐに桐子のあとを追って行った。

見送ってからリビングのテレビを振り返れば、二月一日の朝のニュースもトップはやはりコロナ関連であるらしい。

話題は緊急事態宣言の延長についてだが、どうやら朝日の言っていたとおり、宣言は延長される見込みであるらしい。経済界にとっては逆風だろうが、敷島たちにとっては朗報である。

「病院はどう？」

玄関から戻ってきた美希の声に、敷島は答える。

「今は静かだよ。入院制限もかかっているからね。でももう数日でそれも解除だ」

「いつまで静かでいられるかって感じね」

うなずきながらテレビを見れば、全国の感染者が大きく減少傾向の中、医療機関の逼迫が続いていることが報じられている。

実際、信濃山病院もかつての喧騒は遠ざかったとはいえ、今も十数名のコロナ患者が入院しており、敷島の受け持ち患者もいる。大きな波を乗り越えたとはいえ、コロナ診療が終わったわけではないし、終わる見込みも立っていない。なんとか一般診療を維持しながら、発熱外来を支え、感染症病棟にも足を運ぶ日々が続いている。

あ、と美希が短い声を上げたのは、信濃山病院に関する報道が出たからだ。

数日前の院内感染は一時トップニュースとなり、南郷と三笠がテレビ会見をしている様子が出ることもあったが、ここ数日はそのニュースもまばらであった。病院の全景が映し出され、一週間前の院内感染以後、新たな感染者が確認されていないことが報じられている。

古びた建物の映像を見れば、それが未知のウイルスと闘い続けてきた感染症指定医療機関だとはとても思えない。

「本当に小さな砦だ……」

我ながら妙なことを言ったものだと敷島は思う。けれども見当はずれの思い付きではなかったのだと感じている。

信濃山病院は、確かに一個の砦であった。未知の感染症と戦い続けてきた、小さくとも頑強な砦である。そして今も、この国のそこかしこで、同じような小さな砦が孤軍で戦い続けているのである。

不思議そうな顔を向ける美希に、敷島は笑いながら話題を転じた。

「家の方は大丈夫?」

漠然としたその質問に、しかし美希は静かにうなずき返した。

「寛治こそ大丈夫?」

「大丈夫」

笑って応じて、コートに腕を通し、鞄を手に取る。

「行ってきます」

「行ってらっしゃい」

そんな当たり前の遣り取りが、泣きたくなるほど貴重であることを、今の敷島は知っている。

だからであろうか。玄関の扉をくぐって外に出たあとに、敷島は大切なものを確かめるように我が家を振り返った。そうして思わず苦笑したのは、いつもなら誰もいないはずの扉の前に、静かに見送っている美希を見たからだ。

互いに、なにか言葉が出るわけではない。

わずかに間を置いてから、敷島は少し声を大きくして告げた。

「行ってくるよ」

そんな敷島に、美希もしっかりとうなずいた。

「行ってらっしゃい」

そうして敷島は、二月の冷たい風の中に今日の一歩を踏み出した。

《初出》
第一話　青空 ――「STORY BOX」2021年3月号
第二話　凍てつく時 ―― 書き下ろし
第三話　砦 ―― 書き下ろし

夏川草介（なつかわ・そうすけ）

一九七八年大阪府生まれ。信州大学医学部卒。長野県にて地域医療に従事。二〇〇九年『神様のカルテ』で第十回小学館文庫小説賞を受賞しデビュー。同書で一〇年の本屋大賞第二位となり、映画化もされた。他の著書に、『神様のカルテ2』（映画化）『神様のカルテ3』『神様のカルテ0』『新章 神様のカルテ』『本を守ろうとする猫の話』『勿忘草の咲く町で 安曇野診療記』『始まりの木』がある。


# 臨床の砦


二〇二一年四月二十八日　初版第一刷発行
二〇二一年九月八日　第三刷発行

著者　夏川草介
発行者　飯田昌宏
発行所　株式会社小学館
〒一〇一-八〇〇一　東京都千代田区一ツ橋二-三-一
編集 〇三-三二三〇-五九五九　販売 〇三-五二八一-三五五五
DTP　株式会社昭和ブライト
印刷所　大日本印刷株式会社
製本所　牧製本印刷株式会社


造本には十分注意しておりますが、印刷、製本など製造上の不備がございましたら「制作局コールセンター」（フリーダイヤル〇一二〇-三三六-三四〇）にご連絡ください。
（電話受付は、土・日・祝休日を除く 九時三十分～十七時三十分）


ISBN 978-4-09-386611-8